나를 지키는 말 88

나를 지키는 말 88

2016년 3월 30일 초판 1쇄 | 2016년 12월 20일 5쇄 발행
지은이 · 손화신

펴낸이 · 김상현, 최세현
책임편집 · 김형필, 허주현, 조아라 | 디자인 · 霖design

마케팅 · 권금숙, 김명래, 양봉호, 최의범, 임인옥, 조히라
경영지원 · 김현우, 강신우 | 해외기획 · 우정민

펴낸곳 · (주) 쌤앤파커스 | 출판신고 · 2006년 9월 25일 제406-2012-000063호
주소 · 경기도 파주시 회동길 174 파주출판도시
전화 · 031-960-4800 | 팩스 · 031-960-4805 | 이메일 · info@smpk.kr

ⓒ 손화신 (저작권자와 맺은 특약에 따라 검인을 생략합니다)
ISBN 978-89-6570-321-1 (03810)

쌤앤파커스(Sam&Parkers)는 독자 여러분의 책에 관한 아이디어와 원고 투고를 설레는 마음으로 기다리고 있습니
다. 책으로 엮기를 원하는 아이디어가 있으신 분은 이메일 book@smpk.kr로 간단한 개요와 취지, 연락처 등을 보내
주세요. 머뭇거리지 말고 문을 두드리세요. 길이 열립니다.

나다움을 잃지 않는 말

마음을 얻는 말

길을 잃지 않는 말

상처받지 않는 말

손화신 지음

나를 지키는 말

88

쌤앤파커스

나의 오늘, 나의 인생을 지켜내는 말

네 이야기는 누군가의 영혼에 머물며 그들의 피와 자아와 목적이 될 수도 있어. 그 이야기는 그들을 움직이고 이끌 거다. 그리고 그들이 네 이야기 때문에 무엇을 하게 될지 누가 알겠니. 그게 네 역할이고, 네 재능이야.

– 에린 모겐스턴Erin Morgenstern, 《나이트 서커스》

1

당신에게 묻는다. 당신의 말 한마디가 누군가의 마음속에 오래도록 머물며 싹 틔우고 꽃피우는 것을 본 적이 있는지. 아니, 그 전에 이렇게 묻고 싶다. 누군가의 말이 당신 안에서 불꽃처럼 타오르며 당신을 꿈꾸게 한 적이 있는지.

　우주에 뱉어진 당신의 말은 영원히 사라지지 않는다. 당신이 이 세상을 떠난 후에도 별처럼 오래도록 우주 속을 떠다닌다. 이것이 바로, 우리가 어떤 말은 해야 하고 어떤 말은 하지 말아야 할지 생각해야 하는 이유다. 돈이 많은 사람이든 가난한 사람이든, 학식이 풍부한 사람이든 가방끈이 짧은 사람이든, 한 사람이 입 밖으로 낸 말은 우주 안에서 똑같은 공간을 차지하며 똑같은 생명력을 갖고 살아간다.

　그렇게 말은 누구에게나 주어진 '기회'다. 가진 게 없고 배운 게 없어 이름 없고 가난하게 사는 사람이라도 우주에 좋은 영향력을 끼칠 수 있다. 단지 말로써 말이다. 남루한 삶 한가운데서도 진실하고 따뜻한 말을 할 수 있다면, 이 세상에 아름다운 발자국을 남기고 죽을 수 있다. 2AM의 노랫말에 이런 대목이 있다.

　'줄 수 있는 게 이 노래밖에 없다. 가진 거라곤 이 목소리밖에 없다. 이게 널 웃게 만들 수 있을진 모르지만 그래도 불러본다.'

　이 남자의 가난한 노래는 어쩌면 여자의 마음속에 반짝, 하고 밤하늘의 별처럼 박혀서 여자의 남은 생을 아름답게 비출지도 모른다. 다이아몬드 반지만이 빛나는 유일한 것은 아니다.

2

'말'과 진지하게 인연을 맺은 건 10년 전인 2007년이다. 시작은 이랬다. 대학교 수업시간에 교수님이 갑자기 나를 호명했다. 이러는 법이 어디 있느냐는 불평을 할 틈도 없이 교단으로 나가야 했다. 횡설수설, 어리바리, 중구난방, 두루뭉술. 갑작스런 발표에 나조차도 무슨 말인지 모를 내용을 지껄이고 자리로 돌아왔다. 5분 전만 해도 졸릴 정도로 안락했던 나무의자는 자갈이 깔린 의자처럼 불편했다. 벌겋게 달아오른 얼굴은 가라앉을 기미가 없어 보였다. 마지막 수업을 제치고 넋 나간 사람처럼 집으로 돌아와 가방을 던져놓고 컴퓨터를 켰다. 검색창에 '발표 잘하는 법'을 치고, 엔터.

'스피치'라는 단어가 모니터 화면에 모습을 드러냈다. 처음 보는 단어였다. 물론 중학생 때 끼고 다닌 노란색 영어단어집에서 'speech: 연설'이라고 외운 적은 있지만 먼 훗날 이렇게 다시 만나 인연을 맺을 줄은 꿈에도 몰랐다. 정신을 차리고 사이트를 검색했다. 화술을 가르쳐준다는 곳은 꽤 많았지만 대학생인 내가 다니기에는 너무 비쌌다. 다른 방법이 없을까 한참을 더 찾다가 '스피치 모임'이란 것을 발견했다. 1회에 5,000원. 다과비만 내면 말하는 연습을 할 수 있는 매력적인 멍석이었다.

그로부터 지금까지 10년 동안 스피치 모임에 참석해왔다. 10년이라니! 누구나 하고 사는 게 '말'이라지만, 모임을 통해 말에 대해 고민해온 10년의 시간은 말과 나의 인연을 더욱 각별하게 해주었다. 사실 모임에 나가 발표 연습을 한두 달 하고 났을 때 수업시간에 불려나가도 차분하게 생각을 말할 수 있는 정도가 되었다. 하지만 이 모임에 계속 참석한 이유는 단순히 말을 잘하려는 목적을 넘어, '말'과 '소통'의 가치에 대한 인식이 내 마음을 사로잡았기 때문이다. 처음 1년은 학교에서 발표를 잘하려고, 다음 1년은 취업 면접을 잘 보려고, 그다음 1년은 평상시에도 말 잘하는 사람이 되고 싶어 모임에 나갔지만 3년이 지나고부터는 점점 그 이유가 바뀌었다. 인간과 인간 사이의 소통, 듣는 재미의 참맛을 알게 된 것이다. 시간이 갈수록 말을 하기보단 다른 이의 이야기를 들어보려고 모임에 나가는 나를 발견했다. 더불어 나의 내면이 확장되는 것을 느꼈다.

3

사실 난 '화법' '화술' '이기는 대화법'과 같은 말들을 좋아하지 않는다. 내가 생각하는 말이란 법칙도 아니고 기술도 아니며 더군다나 이기고 지는 게임도 아니기 때문이다. 내가 생각하는 말이란 '영혼을 담는 그릇'이다. 더 참신한 표현이 없을까 오래 생각했지만 찾지 못했다. 말은 영혼을 담는 그릇이다. 그리하여 이 책은 '말 잘하는 법'이 아닌 말 속에 '영혼을 잘 담는 법'에 대해 이야기한다. 말의 기술에 대한 방법론적인 화술 책이 아닌 말을 하고 말을 듣는 '영혼의 활동'에 대해 이야기한다. '사람들 앞에서 떨지 않고 말하기'와 같은 지극히 현실적인 내용부터 말과 소통에 대한 본질적인 고찰까지 다양하게 담고자 했다. 가진 것 없고 부족한 내가 이곳에 담은 '말'로 우주에 '별' 하나를 만들고, 그 별이 당신 마음속에 내려가 귀한 다이아몬드가 되어 빛을 내주길 바란다.

목
차

나를 지키는 말 88

1

{

영혼을 움직이는 말

'영성(靈性)'은 모든 곳을 비추는 빛이다. 우리는 이성과 감성뿐 아니라 영성을 담은 말로 더욱 완전한 소통에 이를 수 있다. 영성의 의미는 종교적인 것으로 국한되지 않는다. 세상에 영혼 없는 인간은 존재하지 않듯이 영성과 상관없는 인간 또한 없기 때문이다.

회사에서의 업무보고는 이성적이다. 연인을 향한 사랑의 속삭임은 감성적이다. 그리고 '어떤 말'은 영적이다. 가령 테레사 수녀의 글을 읽을 때, 내 안의 이성과 감성 외에 다른 무엇이 반응함을 느낀다. 영성이 담긴 글에 영성이 반응한 것이다. 물론 칼로 자르듯 이성만, 감성만, 영성만 담은 말은 없겠지만 한 가지 분명한 사실은 영성을 담은 말이 상대의 영혼을 움직일 수 있다는 것이다.

미래학자 롤프 옌센(Rolf Jenssen)은 우리가 이성보다 감성이 중요한 시대를 살게 될 것이라고 주장했다. 텔레비전만 틀어도 그의 예측이 옳았음을 알 수 있다. 1990년대까지만 해도 제품의 기능성을 내세운 광고가 주를 이뤘지만 2000년이 지난 지금, 대부분의 광고는 시청자의 감성코드를 자극한다. 가령 나이키는 자사 운동화의 우수한 통풍 기능이나 탄력 있는 쿠션에 대해 어필하는 대신, 한계에 도전하는 한 스포츠맨의 결의에 찬 눈빛을 비춘다. 이 브랜드가 파는 것은 단순히 운동화라는 제품이 아닌 그 이상의 것, '도전 정신'이다. 롤프 옌센의 말대로 이성보다 감성이 중요한 시대가 도래했고, 이젠 그다음의 것을 내다볼 때가 왔다. 우리 앞에 다가올 것은 '영성의 시대'다. 우리는 자신의 영성을 늘 돌봐야 하며 영성이 충만한 인간으로 나아가야 한다. 그런 노력을 할 때, 상대의 영혼을 움직이는 말을 할 수 있게 된다.

이성과 감성의 시대를 지나 영성의 시대로 간다면, 우리의 말하기는 곧 '영혼의 활동'이 될 것이다.

~

본질을 꿰뚫는 말

무엇보다 우리 인디언들은 문자가 아니라 가슴에서 나오는 말을 더 신뢰했다. 얼굴 흰

사람들과 조약을 맺는 자리에서도 우리는 가슴에 담긴 말을 곧바로 말할 줄 알았다.

- 류시화, 《나는 왜 너가 아니고 나인가》

인디언은 영적인 삶을 살았다. 그들은 모든 만물에 깃든 영혼의 소리
에 귀 기울였고 그것들과 영적인 교감을 나눴다. 인디언들은 영적 성
장을 삶의 가장 중요한 목적으로 삼았고 일상의 모든 행위를 신성한
의례로 만들었다. 그들은 머리보다 가슴에서 나오는 말을 할 줄 알았
기 때문에 그들의 연설은 단순했지만 본질을 꿰뚫는 힘이 있었다.

•

인디언의 말에는 깊은 '울림'이 있다. 그들의 말은 밤하늘의 별처럼 영롱하게 다가와 듣는 이의 영혼을 건드린다. 그들은 늘 대지와 하늘과 숲, 작은 동물들과 소통하며 깨어 있는 정신으로 자연(본질)과 교감했다. 또한 침묵 속에서 자기 자신과 수많은 대화를 나눴다. 그들은 말에 대한 성스러운 믿음을 지니고 있었고 다음과 같이 말했다.

"말은 변하지 않는 별들과 같고, 사람의 심장에서 나오는 것이며, 세상을 창조한 위대한 영(靈)은 사람들이 하는 말을 듣고 영원히 잊지 않는다."

지금 우리의 모습은 어떨까? 현대인의 몸과 마음은 너무 바쁘게 움직인다. 좋은 집, 멋진 옷, SNS의 이름 모를 팔로워 같은 하위 가치들에 마음이 분산된다. 본질을 놓치고 살고 있다는 사실조차 모른 채 살아간다. 그렇기 때문에 현대인의 말은 백화점 진열장에 놓인 상품처럼 화려하지만 울림이 없다. 시를 읊조릴 때 풍기는 향이나, 자연의 광활함에 서려 있는 신성함이 없다. 사람의 가슴에 곧장 박히는 힘이 없다.

우리는 계산하는 습관에 길들여져 있다. 시간, 노동력, 기술 등 대부분의 가치가 돈으로 환산되는 자본주의 시대를 사는 우리는 언제나 머리를 굴리고 손익을 따져보느라 바쁘다. 심지어 말을 할 때도 이런 버릇이 나온다. '이렇게 말하면 내가 비굴해 보이는 것 아닐까?' '이렇게 말하면 내가 좀 있어 보이려나?' 이런 끊임없는 계산속에 우리는 곧바로 진심을 표현하는 법을 잊고 산다. 화려하지만 불필요한 포장지에 진심이란 알맹이를 세 겹, 네 겹 겹겹이 싼 다음에 상대에게 건네는 꼴이다. 힘들게 포장을 벗겼을 때 그나마 진심이 들어 있으면 다행이지만, 그마저도 없을 때는 마음이 공허해진다.

인디언은 빙빙 돌려 말하는 백인들에게 "가슴에 닿는 햇빛처럼 직설적으로 말하라."고 요구했다. 야키마족 추장이 백인 관리에게 한 말이다.

"당신은 빙빙 돌려서 말하고 있다. 제발 분명하게 말하라! 나는 당신이 하는 말을 들을 귀와 가슴을 갖고 있다. 그런데 당신은 아주 나쁜 방식으로 말하고 있다. 제발 부탁하건대, 단순하게 말하라."

이렇듯 인디언이 남긴 말들을 살펴보면 맑고 향기로운 지혜로 가득 차 있다. 그것은 어디로부터 오는 것일까.

∫

혼자 있는 시간이 빚어낸 말

인디언은 침묵과 명상 속에 자신을 둘 줄 알았다. '검은 새'라는 이름을 가진 오타와족 인디언은 이렇게 말했다.

"우리는 매 순간을 충실하게 살고자 노력했으며, 자연 속에서 우리 자신을 돌아보는 일을 게을리하지 않았다. 하루라도 한적한 평원을 거닐며 마음을 침묵과 빛으로 채우지 않으면 우리는 갈증 난 코요테와 같은 심정이었다."

또 쇼니족의 '푸른 윗도리'는 이렇게 말했다.

"당신들은 계절의 바뀜도 하늘의 달라짐도 응시하지 않는다. 당신들은 늘 생각에 이끌려 다니고, 남는 시간은 더 많은 재미를 찾아 자신을 돌아보지 않는다. 자기를 돌아보는 침묵의 시간이 없다면 어찌 인간의 삶이라 할 수 있는가."

침묵과 명상은 영혼의 범주에 속하는 일이다. 스티브 잡스(Steve Jobs)가 아이폰을 만들 때 명상을 통해 영감을 얻었다는 이야기는 유명하다. 스티브 잡스 같은 사업가에게도, 그림을 그리거나 글을 쓰는 예술가에게도, 산 속에 사는 스님에게도 명상은 필요하다. 명상은 인간의 영혼을 맑게 한다.

명상은 마음을 비우는 일이다. 끊임없이 일어나는 생각들 때문에 마음을 비운다는 게 결코 쉽지는 않지만 생각이 일어나도 상관이 없다는 것만 알면 마음을 비우는 것이 쉬워진다. 일어나는 생각들을 없애려고 애쓰지 않고 그저 고요히 일어나는 생각들을 관찰하는 것, 제삼자의 위치에서 내 마음속에 일어나는 생각들을 바라보고 그것을 흘려보내는 작업이 바로 명상이다. 그러한 '알아차림' 속에서 자신의 마음을 한 발짝 밖에서 바라보는 것. 그렇게 참나(본래 모습의 나)와 만나는 시간. 이때가 바로 진실한 나와 대면하는 '명상의 순간'이다. 이성과 감성이란 굴레에서 벗어나 오직 마음에 의한 힘으로 이어가는 자신과의 대화 속에서 우리는 내 영혼의 민낯과 마주할 수 있다.

침묵과 명상의 시간 없이는 인디언처럼 영혼이 담긴 말을 할 수 없다. 친구, 연인, 가족과의 대화도 중요하지만 나 자신과의 대화는 훨씬 더 중요하다. 자신과의 대화야말로 영혼을 성장시키고 숨은 잠재력을 끌어내며 나라는 사람의 고유한 '아우라'를 형성하게 해준다.

법정 스님은 그랬다. 분명 누구나 할 수 있는 일상적인 말인데도 스님의 한마디 한마디는 고요한 힘이 느껴졌다. 산속을 사뿐사뿐 걸으며 던지는 말씀 하나하나가 인디언의 말처럼 가슴으로 바로 와서 꽂혔다.

'말이라는 것은 이성과 감성을 거치지 않고 영혼으로 바로 침투할 수도 있는 것이구나.'

영적인 사람에게는 타인의 영혼을 흔드는 힘이 있다. 법정 스님의 그러한 힘은 불교의 교리 공부만을 통해서 생긴 것은 아니다. 명상을 위한 기나긴 침묵의 시간, 자아와의 대화, 우주와의 교감을 통해 서서히 영적 성장을 이뤄야 가능한 일이다.

명상은 사색과 다르다. 사색만으로는 영혼의 깊이를 키울 수 없다. 철학적인 생각을 많이 한다고 해서 영혼이 성장하지는 않는다. 사색은 명상을 통해서만 위대한 사상으로 발전할 수 있다. 숙성을 거쳐야 몸에 좋은 효소들이 생성되는 발효와 같은 이치다. 철학자 임마누엘 칸트(Immanuel Kant)는 산책하며 사색과 명상을 병행했던 대표적 인물이다. 사람들이 그의 규칙적인 산책을 보고 시간을 맞췄다는 일화는 잘 알려져 있다. 그가 만약 책상머리에 앉아 책 읽고 글을 쓰며 사색에만 잠겼더라면 농익은 철학의 결실은 없었을지도 모른다. 꼭 가부좌를 틀고 해야 명상은 아니다. 칸트처럼 걷기 명상을 하는 것도 좋다. 중요한 건 '마음의 침묵'이지 명상의 형식이 아니다.

침묵은 영혼이 숨 쉬는 집이다. 영혼이 숨 쉴 틈을 넉넉히 가진 사람은 타인에게도 안정감을 준다. 이런 사람과 이야기하면 내 영혼까지 충만해지는 기분이다. 내면이 정돈되는 느낌도 든다. 당신 주위에도 이런 느낌을 주는 사람이 분명 있을 것이다. 그들에게서 느껴지는 영혼의 깊이와 지혜는 그들이 읽은 책의 수보다 혼자 고요히 침묵한 시간과 비례한다. 밤마다 잠자리에 들기 전 책을 덮고 했던 명상, 그 고요한 침묵의 순간들이 그들의 영혼을 굳건히 만들어주었다. 아무것도 하지 않고 조용히, 가만히 머무는 시간은 그 자체로 우리의 영혼에 많은 것들을 선사한다.

기원전에 이미 대철학자 소크라테스(Socrates)는 말했다.

"너 자신을 알라."

나는 이 말을 자신의 내면을 바라보고 침묵 속에서 자신과 많은 대화를 나누라는 말로 해석한다. 좋은 직업, 거대한 부, 화려한 인맥에서 나오는 충만함보다 훨씬 깊고 넓은 충만함은 나 자신을 알고, 나 자신이 되어가는 영혼의 충만함이다. 이런 사람의 말은 듣는 이의 영혼에 가닿는 힘이 있다. 영혼의 샘에서 나오는 물(말)은 그것을 마시는 사람(청자)의 영혼까지 정화해줄 만큼 신성하다. 영혼의 말이 오는 곳은 침묵과 명상이다.

잠재력을 일깨우는 말

내가 나에게 하는 말은 타인이 나에게 하는 말보다 스스로에게 더 큰 영향을 끼친다. 특히 내가 나에게 하는 부정적인 말, 스스로에게 '꼬리표'를 붙이는 말은 매우 좋지 않다. 미국의 심리학자 웨인 다이어 (Wayne Walter Dyer)는 저서 《행복한 이기주의자》를 통해 "자기 자신에게 꼬리표 붙이는 일을 경계하라."고 말했다. "나는 노래를 못해." 라고 말하는 것은 앞으로 노래 실력이 좋아질 수 있는 가능성을 제 손으로 꺾는 셈이다. "나는 달리기를 못해."라고 스스로에게 꼬리표를 붙이는 순간, 그 꼬리표는 어딜 가나 내 다리를 무겁게 할 것이다. 언어에는 그런 힘이 있다. 언어가 감옥이 되어 우리를 속박할 수도 있고, 날개가 되어 우리를 날게 할 수도 있다. 선택권은 언제나 나에게 있다.

인도의 철학자 지두 크리슈나무르티(Jiddu Krishnamurti)는 저서 《희망 탐색》에서 이렇게 말했다.

"우선 자신이 말의 노예라는 점을 인정해야 합니다. '나는 무엇이다(어떠하다).'라는 말이 우리를 조건 짓고 있습니다. 우리를 옥죄는 조건들은 모두 '나는 무엇이었다.' '나는 무엇이다.' '나는 무엇일 것이다.'라는 말들을 바탕으로 합니다. '나는 무엇이었다.'가 '나는 무엇이다.'를 결정하고 이것이 다시 미래를 통제합니다. 종교도 모두 이런 말을 바탕으로 합니다. 우리의 개념 발달 역시 '나는 무엇이다.'에 바탕을 두지요."

웨인 다이어와 지두 크리슈나무르티가 전하고자 하는 말은 결국 같은 이야기다. 말로써 한계를 긋는 것도, 그 한계 앞에서 좌절하는 것도 언제나 자기 자신이기에 그것으로부터 벗어나라는 말이다. 언어를 사용하는 인간은 어쩔 수 없이 언어의 노예일 수밖에 없다는 것을 공통된 근거로 들면서 말이다.

내면의 언어를 긍정의 언어로 바꿔야 한다. 적어도 꼬리표는 달지 않아야 한다. '나는 무엇이었다.' '나는 무엇이다.' '나는 무엇일 것이다.'라는 사슬에서 자유로워지려면 모든 '판단의 말'을 멈춰야 한다.

만약 노래를 하다가 박자와 음정이 틀렸다면 "노래를 부르다 박자와 음정이 틀렸다."라고만 말하면 될 일이다. 구태여 "나는 음치다."라고 꼬리표를 만들어 붙일 필요가 없다. 무심코 붙이는 꼬리표에 의해 좌지우지되고 노예가 되는 건 결국 자신이다. 음치를 탄생시키는 건 음치라고 말하는 자기 자신인 것이다.

법정 스님은 이렇게 말씀하셨다.

"말씨는 곧 그 사람의 인품을 드러내기 마련이다. 또한 그 말씨에 의해서 인품을 닦아갈 수도 있는 것이다."

이 말씀은 말씨와 인품에 대한 이야기지만 넓게 보면 위의 이야기와 맥락을 같이하고 있다. 말이란 건 나의 의지로써 나의 입술을 움직여 만들어내는 것이지만, 역으로 내가 창조해낸 그 말이 나를 만들어가고 나의 운명을 앞에서 끌어당긴다. 그래서 우리는 긴장하거나 자신이 없을 때 본능적으로 긍정적인 자기 암시를 하기도 한다. 무언가 해낼 수 없을 것 같을 때 "나는 할 수 있다."고 스스로에게 말함으로써 그 언어가 나의 손을 잡고 나를 위로 끌어올려 주길 바란다.

정장을 입으면 몸가짐도 정장처럼 각이 서고, 구두를 신으면 걸음걸이도 구두처럼 우아해진다. 내가 원하는 나의 모습을 이끌어줄 그런 말의 옷을 입자. 그 말을 입고서 그 말의 모습을 닮아가는 새로운 나를 바라보는 일은 언제나 기분 산뜻하다.

$\int$

당당함과 여유를 주는 말

인생을 살아가는 것에 있어서 제일 지혜로운 것은

지금 가지고 있는 것을 즐기는 것이다.

- 윌리엄 셰익스피어William Shakespeare

"오늘 많이 떨려서… 행복했어요!"

스피치 모임의 마지막 순서는 언제나 소감을 듣는 일이다. 이 소감은 '떨렸지만 재미있었다.'는 말과 어딘지 모르게 느낌이 달랐다.

"오늘 긴장해서 너무 많이 떨었습니다. 그래서 정말 행복했어요!"

'떨렸지만'이 아니라 '떨려서' 행복했다는 말은 처음 들었다. 우리는 어떤 어려움에도 '불구하고' 그것을 즐길 수 있지만, 정말 그 순간을 온전히 즐기는 사람에겐 '불구하고'란 개념조차 없는 듯하다. 그런 사람에겐 어려움 자체가 즐거움이다.

긴장과 어려움을 극복하는 사람도 아름답지만, 익스트림 스포츠를 즐기듯 긴장과 어려움 자체를 즐기는 사람은 더 아름답다. 그에게선 당당함과 여유가 느껴진다. 말에도 '생즉사 사즉생(生卽死 死卽生)'이 통하나 보다. 살려 하면 죽을 것이요, 죽으려 하면 살 것이다. 많은 사람들 앞에서 발표를 할 때 '떨려 죽자!'란 심정으로 떨림을 즐기는 정면 돌파는 정직하고 짜릿한 스포츠다.

실수를 결점으로 생각하는 사람과 실수를 재미있는 에피소드로 생각하는 사람. 당연히 후자에게서 당당함과 여유가 느껴질 것이다. 후자에겐 절대 실수를 하지 말아야 한다는 강박 대신 실수를 해도 된다는 자유로움이 있기 때문이다. 실수를 해도 되니까 전전긍긍할 필요가 없어 여유 있고, 그러다 정말로 실수를 하게 되면 그것을 잘못이라고 생각하지 않으니 당당하다. 한 TV 토크쇼에 출연한 여배우의 말이 기억에 남는다. 자신은 실수가 너무 좋다고. 살다가 실수하는 경험이 생기면 그걸 이렇게 토크쇼에 나와서 이야기할 수도 있고, 주변 친구들한테 두고두고 말하면서 다 같이 한바탕 웃을 수 있으니 좋지 않느냐고.

　당당함과 여유로움도 구구단처럼 쉽게 외워서 얻을 수 있으면 좋으련만! 하지만 이건 머리의 일이 아니라 마음의 일이니 그럴 수가 없어 안타깝고, 그렇기 때문에 더 흥미롭다. 있는 그대로의 나를 인정하는 받아들임, 자신을 의심하지 않는 믿음, 주어진 모든 상황을 즐기는 대범함. 눈에 보이지도 잡히지도 않는 이런 마음의 근원에서 당당함과 여유로움이 물 흐르듯 흘러나오므로, 보이지 않는 그것을 위해 우리는 순간순간 깨어 있어야 한다.

　누구도 대신해줄 수 없는 일. 그렇기 때문에 일단 내 것이 되면 누구도 빼앗을 수 없는 나만의 것. 당당함과 여유. 이것은 내가 어떤 초라한 상황에 놓일지라도 내 머리 위를 따라다니며 나를 비추는 성실한 빛이다.

$\Large{2}$

길을 잃지 않는 말

'자신의 말을 경청한다.'

이 문장이 말이 될까? '경청'이란 타인의 말을 귀 기울여 듣는 것을 뜻하고, 배려와 존중 같은 따뜻한 가치들과 연결된다.

의아하게 생각할 수도 있지만, 이것이야말로 좋은 말하기의 우선적 요건이다. 자신의 말을 경청하는 것은 배려 혹은 존중과 무관해 보인다. 어쩌면 한없이 이기적인 행동이다. 한없이 이기적이어서, 그렇게 자신에게만 온전히 몰두하는 것이다. 그렇기에 오히려 프로페셔널의 핵심 덕목일 수 있다.

2015년 쇼팽 국제 피아노 콩쿠르에서 피아니스트 조성진이 결선 연주를 마치고 무대 뒤로 내려왔다. 한 리포터가 그에게 물었다.

"오늘 연주 어떠셨나요?"

조성진이 대답했다.

"아무 생각 안 하려 했고요. 제 연주만 집중해 들었습니다."

피아니스트 손열음은 JTBC '뉴스룸'에 출연했을 때 손석희 앵커로부터 이런 질문을 받았다.

"연주를 할 때 어떤 생각으로 하십니까?"

손열음이 답했다.

"무대에선 아무 생각이 안 나요. 무아지경이라고 해야 하나? 다만 딱 하나 염두에 두는 게 있는데, 제가 하고 있는 것을 계속 들어야 한다는 것입니다. 마치 남의 음악을 듣는 것처럼요."

그녀의 말에 손석희 앵커가 맞장구를 쳤다.

"그 말은 저 같은 사람에게도 시사하는 바가 크네요. 저는 말하는 직업을 가졌잖아요. 저 역시 평소에 생각하길, 제가 하는 말을 제가 다 듣고 있어야 한다고 보거든요. 그래야 잘못된 말을 했을 때 나중에라도 수정할 수가 있으니까요. 자신의 연주를 자기가 듣는 것과 똑같은 거라고 보면 되겠군요."

조성진, 손열음, 손석희. 세 프로페셔널의 공통점은 자신이 내는 소리를 경청한다는 것이다. 자신의 음악 소리를 놓치지 않는 조성진과 손열음처럼, 자신이 뱉은 말을 놓치지 않고 듣는 손석희의 '말하기 노하우'는 흘려듣기 아까운 소스다. 타인을 위하거나 말거나, 그런 것을 떠나서 일단 내가 제대로 말을 하려면 자신의 말부터 잘 들어야 하는 것이다. 이것이 말의 고수가 되기 위한 기본자세다.

그렇다면 이들이 자신의 소리를 경청할 수 있는 배경은 무엇일까? 그들은 전체에서 현재 자신의 좌표가 어디쯤 위치해 있는지를 실시간으로 확인해가며 그림을 그린다. '전체적인 그림'을 볼 줄 아는 눈을 가진 것이다. 그러니 이들만큼 이타적인 연주자(화자)는 없는 셈이다. 앞서 언급한 '이기적'이란 단어는 이기적일 정도로 자신의 소리에 몰입한다는 의미일 뿐, 이타성의 반대말이 아니다. 피아니스트는 자신의 감정에 심취되어 도를 지나치는 연주를 하지 않기 위해 '전체 그림'이라는 대상 아래에 자신의 감정을 종속시킨다. 오히려 이타성을 발휘한 것이다. 진행자도 마찬가지다. 좋은 진행자는 타인의 말을 경청하는 건 당연하거니와, 자신의 말을 경청하기 위해 메모를 하며 말하기도 한다. 그는 알고 있다. 타인의 말을 열심히 메모하면서 정작 자신의 말은 메모하지 않는다면, 아무리 내 입에서 나온 말이라도 가끔 그 속에서 길을 잃기도 한다는 것을.

빠를수록 좋은 사과의 말

사과는 빠르게, 키스는 천천히, 사랑은 진실하게, 웃음은 조절할 수 없을 만큼.

그리고 너를 웃게 만든 것에 대해서 절대 후회하지 말 것.

– 오드리 헵번 Audrey Hepburn

빠르게 사과하는 사람에게서는 좋은 향기가 난다. 일전에 한 건물 안에서 코너를 돌다 중년 여성과 살짝 부딪힐 뻔했다. 그때 그분이 내게 아주 재빠르게 사과했다. 손쓸 수 없이 재빨랐다.

"미안합니다."

정갈하고 겸손한 다섯 글자가 귀에 콕 박혔다. 너무 순간적이어서 나는 아무 말도 하지 못하고 그냥 그녀를 보고 미소 지었다. 그런데 믿거나 말거나 그때 그분에게서 좋은 향기가 났다. 그녀와 난 부딪히지 않았고 단지 부딪힐 뻔한 것인데, 비일비재한 그런 상황에서 나는 누군가에게 사과를 한 적이 있었던가? 걷다 보면 흔히 벌어지는 그런 일은 자연현상과도 같아서 굳이 사과까지 하는 건 과하다고 여겨왔다. 하지만 내게 미안하다고 말하던 그 여성에게서 무척 좋은 향기가 났기 때문에 나도 재빠르게 사과하는 사람이 되리라 다짐했다. 그럼 내게도 좋은 향기가 날 것 같아서.

문득 내 어린 시절의 한 장면이 떠올랐다. 어린이였던 당시 내게 굉장히 분한 일이었는데, 사실 지금도 조금 분하다. 마트였고 계산대의 줄이 길었다. 물건을 계산하려고 줄을 서 있었는데 앞에 선 아주머니가 뒷걸음질을 치다가 내 발을 세게 밟았다. 내가 "아야!" 하자 그녀는 반사적으로 뒤를 돌아봤다. 획−하고 몸을 돌리는 동작과 함께 그녀의 입술은 죄송합니다의 첫 글자를 말하기 위해 오므려지고 있었다. 나는 그 입술을 똑똑히 보았다. 하지만 그 말을 끝내 듣지는 못했다. 뒤를 돌아본 아주머니의 고개가 작은 내 키를 따라 쭉 내려오더니, 상대가 어른이 아니란 걸 알고는 획−하고 다시 몸을 돌렸다. 성가시다는 표정만을 남겨놓고서. 그때 든 생각은 딱 하나였다.

'나는 커서 저런 어른은 안 될 거다!'

자신의 잘못을 빠르게 인정하는 모습은 얼마나 인간적인가. 나를 포함한 주변에서도, 신문이나 TV에서도 그런 모습을 보기 힘든 세상에 살고 있기 때문에 우리는 더욱 인간적인 그 모습을 갈구하는지도 모르겠다. 자신이 틀렸다는 것을 알면서도 정치적인 이유로, 혹은 자존심을 지키려는 이유로 진실을 함구하고 잘못을 인정하지 않는 경우를 많이 보아왔다. 나 역시 비겁하게 그랬던 적이 있다. 하지만 진실은 언제나 버젓이 그 자리에 존재하기에, 함구하거나 우긴다고 해서 진실의 귀퉁이 하나 바뀌지 않는다는 걸 우리 양심은 이미 알고 있다. 거짓은 언제나 진실을 재빠르게 인정하지 않는 느린 틈새에서 싹을 틔운다. "내가 틀렸다."란 말을 하지 않음으로써 이미 아무 말도 하지 않은 내 입은 거짓을 말하고 있는 셈이란 걸 잊어선 안 된다.

잘못을 빠르게 인정하기 위해선 늘 겸손하게 깨어 있어야 한다. 진실이라고 믿는 그것이 진실이 아닐 수도 있다는 생각은 겸손이란 망루 위에서 철저히 거짓을 감시하고 그것이 우리 삶을 침략하지 않게 지켜준다. 연암 박지원은 장님이 코끼리를 만지는 이야기를 예로 들며 이러한 태도의 필요성을 역설했다.

　장님이 코끼리 다리를 만지고 나서 "코끼리는 이렇게 생겼다."고 자신 있게 설명하지만 그건 코끼리의 다리일 뿐이지 전체의 모습이 아니다. 진실이 아닌 것이다. 우리가 진실이라고 철석같이 믿고 있는 것에 대해, 내가 틀렸을 수도 있다는 여지를 남겨놓는 태도. 그런 겸손한 태도야말로 자신의 인간성을 지키는 일이다. 그리고 남겨둔 여지로부터 발견해낸 자신의 잘못을 재빠르게 사과하는 용기. 향기가 났던 그 여성처럼 서로가 똑같이 틀렸을 때조차 머뭇거림 없이 먼저 사과하는 용기. 그런 용기 있는 모습이 우리가 꿈꾸던 인간성의 얼굴 아니었던가.

인생의 중심을 잡아주는 말

나의 인생이 나의 메시지다.

‒ 마하트마 간디 Mahatma Gandhi

매일 글을 쓰다 보면 무언가 중요한 걸 잊은 것 같은 느낌이 들어, 스스로에게 묻곤 한다.

"나는 글을 잘 쓰려고 이 글을 쓰는 걸까? 잘 쓴다는 건 뭘까? 혹시 아름다운 문체와 기교에만 신경을 쓰고 있는 건 아닐까? 내 글을 읽는 사람들에게 글을 잘 쓴다는 소리가 듣고 싶은 걸까, 아니면 생각할 거리를 던져줘서 고맙다거나 마음이 따뜻해졌다는 말을 듣고 싶은 걸까? 나는 지금 학문을 하려는 걸까, 예술을 하려는 걸까? 이 글을 쓰는 진짜 이유는 뭘까?" 이런 질문들 가운데 서 있을 때, 정민 교수의《비슷한 것은 가짜다》속의 한 글귀가 눈에 들어왔다.

"연암 박지원은 '글이란 내 생각을 다른 사람에게 전달하기 위해서 쓴다.'고 했다. 그런데 사람들은 내 생각을 어찌해야 남에게 오해 없이 충분하게 전달할 수 있을까 하는 생각은 하지 않고, 붓만 잡으면 어찌하면 좀 더 멋있게 폼 나게 쓸 수 있을까 하는 궁리만 한다. 연암은 글이란 뜻을 나타내면 그만이라고 하고 나서, 다시 글을 짓는다는 것은 오직 '진(眞)'을 추구하기 위한 것일 뿐이라고 했다."

작가에게 글을 멋있게 쓰는 것보다 중요한 것은 전하고자 하는 뜻을 글에 분명하게 담아내는 일이다. 마찬가지로 연설가에게 중요한 것도 달변을 하는 것이 아니라 뜻이 정확하게 담긴 말을 하는 것이다. 하지만 이 단순한 사실을 수시로 상기하지 않으면 자신의 말맛에 취해 멋있는 말, 폼 나는 말을 하느라 정작 '뜻'에는 큰 신경을 못쓰는 경우가 발생한다. 특히 연설을 할 때는 말의 멋보다는, 메시지를 담는 일이 첫째가 되어야 한다. 마틴 루터 킹(Martin Luther King)이 "나에게는 꿈이 있습니다."로 시작하는 연설을 했을 때 그 안에 담긴 자유와 평등을 향한 메시지야말로 가장 중요한 것이었다. 그 어떤 멋있는 표현도 중요하지 않았다.

글을 쓰거나 말을 할 때는 '주제의식'이 확실해야 한다. 말하고자 하는 바가 뚜렷해야 하는 것이다. 그렇지 않으면 독자가 글을 읽고 나서, 혹은 청중이 연설을 듣고 나서 미궁에 빠진다. '그래서 뭐가 어쨌다는 거야?' 이런 혼란을 주지 않는 것이 좋은 말과 글이다. 주제 의식이라는 꼬챙이에 경험담, 근거, 예시, 인용문 등 주제에 맞는 이야기 조각들을 끼워 넣어야 맛도 좋고 가치 있는 음식이 된다. 무작정 글을 길게 쓰고 말을 많이 한다고 해서 좋은 이야기가 되는 건 아니다. 중요한 건 주제의식, 즉 메시지다.

짧은 말 속에도 메시지를 잘 담아내는 사람이 있는가 하면, 길게 말을 해도 그 속에 메시지를 제대로 담지 못하는 사람이 있다. 어떻게 하면 우리의 말과 글에 메시지를 명확히 담을 수 있을까? 어떻게 하면 사유의 덩어리를 머릿속에서 끄집어내 메시지로 던질 수 있을까? 이것은 평상시 습관과 연관 있다. 바로 '고민하는 습관'이다. 의미 있는 질문을 하고 그에 대한 답을 찾기 위해 부단히 고민하는 습관은 우리의 정신이 무언가를 늘 '찾아내게' 만든다. 인간은 끊임없이 무언가를 '추구'하는 존재다. 추구하는 그것이 꿈이든, 진리든 무엇이든 간에 추구의 과정 자체가 마음에 '메시지'를 심어준다.

무언가를 추구하고 그것을 찾아 길을 걷는 여정, 그것이 바로 살아가는 일이다. 그 여정 속에서 쉬지 않고 걷고 또 걸을 때 자신의 삶을 관통하는 하나의 메시지가 도출된다. 그것이 그 사람 고유의 정신이며 철학, 삶의 메시지인 것이다. 자신의 고유한 삶의 메시지를 획득한 사람이라면 매 일상 속에서 어떤 것을 보더라도 거기에 자신의 메시지를 담아낼 수 있다. 남들과 똑같은 것을 보고도 깊은 진리의 메시지를 담아내는 사람. 이런 사람은 타인에게 언제나 묵직한 사유의 씨앗을 던져주어 내적으로 성장할 수 있게 도와준다.

좋은 말은 의미 있는 메시지를 담고, 좋은 인생 역시 의미 있는 메시지를 담는다. 간디는 이런 말을 남겼다.

"나의 인생이 나의 메시지다."

우리의 인생이 하나의 메시지가 되기 위해서는 늘 자신이 추구하는 것에 대해 고민을 놓지 않고 내면을 성찰해야 한다. 그리고 자신의 생각을 삶 속에서 행동으로 실천해야 한다. 그 자체로 메시지가 되는 인생을 사는 사람이라면 애써 의식하지 않아도 그의 사소한 말에조차 깊은 울림이 있는 메시지가 깃들어 있을 것이다.

∫

사람의 마음을 얻는 말

우리는 우주에 흔적을 남기기 위해 여기에 있습니다.

- 스티브 잡스 Steve Jobs

누군가를 설득할 때, 'Yes'란 답을 얻으려면 상대의 영혼을 움직일 수 있어야 한다. 탁월한 영업사원은 고객의 마음속 가장 깊은 곳을 건드린다. 바로 '핵심가치'다. 가치라는 큰 원, 그 안에 있는 핵심가 치라는 작은 원에 가닿는 것이다. 그 작은 원에 다다를 때 비로소 이 성과 감성의 영역을 넘어 상대의 영혼을 움직이는 설득이 가능하다.

"당신은 무엇으로 사는가?"라는 물음은 상대의 핵심가치가 무엇인지 파악할 수 있는 질문이다. 사실 이 질문에 대한 사람들의 대답은 그리 다양하지 않다. 가족, 사랑, 꿈… 대략 이렇다. 어느 누구도 최근에 구입한 자동차나 벽걸이 TV라고 대답하지 않는다. 그것이 아무리 소중하더라도 핵심가치가 물질적인 것이 될 순 없는 것이다. 어떤 물건을 아끼는 행위는 결국 '만족'이라는 상위 목적, 즉 핵심가치에 도달하기 위한 하위개념일 뿐이다. 설득을 위해서는 핵심가치를 공략해야 한다. 더 궁극적이고 더 근원적인 것, 상대방의 영혼이 추구하는 것을 공략해야 설득에 성공할 확률이 높아진다.

광고 카피를 예로 들어보자. 한 자동차 회사가 빠른 속도를 자랑하는 신차를 개발했다. 자사 자동차의 뛰어난 속도감을 어필하기 위해 그들은 두 가지 다른 방식의 광고를 생각했다. 하나는 '속도'를 직접적으로 언급하는 방식이었고, 다른 하나는 '시간'이라는 가치로 접근하는 방식이었다. 전자라면 "이 자동차는 매우 빠릅니다."라는 직접적인 카피를 만들 것이고, 후자라면 "이 자동차를 타면 귀여운 딸아이와 볼을 비빌 수 있는 시간이 늘어납니다."라는 카피를 만들 것이다. 이 회사는 '시간'이라는 가치로 접근한 두 번째 방식을 최종적으로 택했다. 이 회사는 '빠른 속도'라는 하위가치에서 한 단계 더

들어가 '가족과 보낼 수 있는 시간'이라는 핵심가치를 판 것이다.

핵심가치를 잘 파고든 사업가가 있다. 애플의 창업주 스티브 잡스다. 그는 신제품을 소개하는 프레젠테이션 자리에서 타사의 CEO와는 전혀 다른 방식으로 말했다. 그는 아이폰의 강화유리나 내장 카메라의 높은 화소, iOS의 탁월함에 대해 말하는 대신, 인생에 아이폰이 어떤 가치를 가져다줄 수 있는지를 우선적으로 언급했다.

"여러분이 이 아이폰을 사용한다는 것은 외국에 떨어져 지내는 애인과 다가오는 크리스마스를 함께 보낸다는 의미입니다."

IT기기 신제품 발표회에서 '크리스마스'라는 단어가 나온다는 건 독특하고 멋진 일이다. 스티브 잡스는 사람들이 왜 좋은 스마트폰을 갖고 싶어하는지 그 근원을 공략했다. 결국 스마트폰으로 소중한 사람과 소통하고 마음을 나누는 것이 사람들이 궁극적으로 원하는 것이라고 생각한 스티브 잡스는 "아이폰끼리 영상통화는 무료입니다."라는 정보 전달식 말하기 대신에 영상통화 무료가 무엇을 의미하는지를 어필했다. 소중한 사람과 교환하는 눈빛이 우리에게 얼마나 큰 행복인지에 대해 말한 것이다. 스티브 잡스의 이러한 핵심가치 프레젠테이션은 청중의 마음속 깊은 곳에 가닿았고 사람들은 행복한 마음으로 지갑을 열었다.

타인의 영혼을 움직이기 위해서는 먼저 자기 영혼의 힘이 강해야 한다. 스티브 잡스가 핵심가치를 파고들어 사람들의 마음을 잘 움직일 수 있었던 것은 그가 단지 화술이 뛰어나서가 아니었다. 불교, 명상, 단순한 삶에 대한 추구 등 영혼에 속하는 활동을 꾸준히 하며 영혼의 힘을 기른 것이 중요한 비결이었다.

∫

조급해지지 않는 말

시간은 누구에게나 공평하게 주어진다. 돈이 아무리 많은 백만장자
여도 24시간에서 1분도 더 보태어 가질 수 없다. 모두를 굽실거리게
만드는 권력가라도 말단 관리에게서 단 1분의 삶도 빼앗을 수 없다.
돈으로도 어떻게 안 되는 것. 사람의 마음, 죽음, 그리고 시간. 돈으
로 살 수 없는 것들이야말로 우리에게 정말 소중한 것 아닐까.

　그래서 사람들은 '시간은 금'이라면서 아껴 쓰려고 애쓴다. 하지만
시간은 세상에서 가장 짓궂은 아이러니다. 아끼려고 할수록 낭비되
기 때문이다. 시간의 효율성을 살리기 위해 우리가 영리하게 계획하
는 모든 일들은 오히려 순간의 삶을 깊이 누리지 못하게 하여 시간을

낭비하게 한다. 밥 먹으면서 스마트폰으로 이메일을 확인하는 일. 겉으로 보기엔 시간을 아끼는 것 같지만 윤기가 흐르는 밥알을 혀끝으로 느끼는 순간순간 속 '영원'을 놓치게 한다. 순간을 충만하게 누리는 것이야말로 시간을 아끼는 가장 현명한 방법이다.

"시간을 낭비하자. 시간을 아끼기 위해서."

한 세계적인 연주가는 시간을 버리는 것이 두렵지 않다고 말했다.

"하루 종일 악기 앞에 앉아 있는다고 연습이 잘되는 건 아닙니다. 저는 시간을 버리는 것이 전혀 두렵지 않아요. 연습이 안 될 때는 연습을 하지 않고요. 평소에 사람들을 만나고 여행을 즐깁니다."

이 연주가가 그랬듯이 때론 버림으로써 얻을 수 있는 것이 시간이다. 1만 시간의 법칙이란 유명한 말도 있지만, 피아니스트의 혼이 담긴 연주는 1만 시간의 연습만으로 이루어지는 것은 아니다. 그의 영혼이 충만한 기쁨으로 넘쳤던 단 1초의 순간이 피아니스트의 연주를 감동적인 무엇으로 만든 게 아닐까? 1초에도 영원을 담을 수 있다.

피에르 상소(Pierre Sansot)의 《느리게 산다는 것의 의미》에 이런 말이 나온다.

"우리에게 다가오는 사건을 기쁘게 받아들일 수 있는 능력을 갖기 위해서 필요한 지혜가 있다. 그것은 갑자기 달려드는 시간에게 허를 찔리지 않고, 허둥지둥 시간에게 쫓겨 다니지도 않겠다는 분명한 의지로 알 수 있는 지혜다. 우리는 그 능력을 '느림'이라고 불렀다. 느림은 우리에게 시간에다 모든 기회를 부여하라고 속삭인다. 그리고 한가롭게 거닐고, 글을 쓰고, 타인의 말에 귀를 기울이고 휴식을 취함으로써 우리의 영혼이 숨 쉴 수 있게 하라고 말한다."

말과 시간은 참으로 많은 공통점을 가진다. 누구에게나 공평하게 주어진 기회라는 것, 한 번 지나가면 다시 되돌릴 수 없다는 것, 효율적으로 쓰려고 욕심낸다고 그것을 제대로 활용할 수 있는 건 아니라는 것, 순간 속에 영원을 담거나 한마디 속에 사람을 살리는 구원을 담을 수도 있다는 것, 마지막으로 둘 다 사람의 영혼이 숨 쉬는 곳이 되어야 한다는 것.

말을 잘하기 위해 내가 무엇을 해야 할지 생각할 때면, 시간을 생각하자. 시간을 잘 쓰기 위해 시간을 낭비하듯 말을 잘하기 위해서 말을 버리고, 내가 가진 말이 내가 가진 시간처럼 나의 영혼이 깃드는 곳이 될 수 있도록, 우리 그렇게 말하며 살자. 말은 영혼을 담는 그릇이다.

11

~

더 좋은 사람이 되는 말

하고자 하는 일이 어려운 일이더라도 간절하다면, 반드시 어떤 힘이 도와주는 작용을 한다. '말'이라는 주제로 한 권의 책을 만들어보자 마음먹었을 때 생각지 않게 음악이 나를 도와줬다. 조예도 없거니와 열렬하지도 않았던 클래식이 느닷없이 내게 찾아온 건 어쩌면 이 글을 쓰기 위한 필연이었다. 의도치 않았지만 나는 음악에 기대 말을 생각하게 됐고 그러자 그동안 보지 못했던 것들이 보이기 시작했다.

말과 음악은 닮아 있다. 정확히 말하자면 '말하는 사람'과 '악기 연주가'는 비슷한 점이 많다. 피아니스트의 연주 영상과 인터뷰 등을 보면서 말에 대한 글을 써나갔다.

클래식이 지닌 무한한 재미는 '해석'에 있다. 지금 우리가 즐기는 클래식은 과거에 살았던 작곡가들이 남겨놓은 음악을 현재 살아 있는 연주가가 자신만의 개성으로 해석해 연주하는 것이다. 똑같은 곡을 반복해서 들어도 지겹지 않은 이유는 연주가마다 각자의 해석으로 조금씩 다른 곡을 내놓기 때문이다. 같은 곡일지라도 연주가에 따라 느낌이 확연히 다른 경우도 많다. 어떤 피아니스트가 연주를 잘한다고 하면, 그것은 단지 실수를 한 번도 하지 않거나 테크닉이 좋아서만은 아닐 것이다. 곡을 얼마나 감동적이고 개성 있게 해석할 수 있는지에 따른 것이다.

말을 잘하는 사람이란, 마치 곡 해석을 잘하는 피아니스트와 같다. 기술적으로 달변이 아니더라도 세상에 대한 해석이 듣는 이의 영혼을 움직일 만큼 특별하다면 훌륭한 화자다. 우리가 세상을 살아가고 말을 하는 행위는 피아니스트가 악보를 연구해 연주하는 것과 비슷하다. 결국 자기 영혼의 깊이만큼 말하고 연주하는 것 아닐까? 이 세상은 마치 클래식 악보처럼 이미 만들어져 있는 것이지만, 우리가 어떤 지성과 감성으로 세상을 해석하느냐에 따라 전혀 다른 말로 표현된다. 그 해석이 바로 그 사람의 개성이고 영혼의 모습이다.

피아니스트는 자신만의 곡 해석과 그것을 표현하는 자신만의 방식을 찾기 위해 부단히 노력한다. 그러기 위해 늘 영감을 구하고 지적인 소양을 쌓고 작곡가의 발자취를 따라가보기도 한다. 말하기와 피아노 연주가 다를 바 없다면, 좋은 말을 하기 위해서는 영감과 지식이 필요하다. 책을 읽고 사색에 잠기고 많은 경험을 함으로써 세상을 해석하는 안목을 높인다면 자신만의 해석을 말로 표현할 수 있게 된다.

글도 마찬가지다. 세상이란 악보를 자신만의 시선으로 해석한 글은 클래식 연주처럼 우리의 정신을 고양시킨다. 좋은 글은 독자로 하여금 자신을 둘러싼 세계에 대해 해석하는 수준을 높여준다. 책의 마지막 장을 덮고 다시 자신의 피아노 앞에 앉아 삶을 연주하기 시작했을 때, 책을 읽기 전보다 더 깊은 울림이 있는 연주가 나온다면 그 사람은 좋은 책을 읽은 것이다.

표현력도 해석력만큼이나 계발해야 할 부분이다. 피아니스트가 악보를 들여다보며 오래도록 연구를 하는 건 해석의 일이지만, 실제로 피아노 앞에 앉아 곡을 연주하는 건 표현의 일이다. 나의 삶과 나를 둘러싼 세상에 대한 해석을 마치면 그다음은 해석한 그것을 효과적으로 표현해야 한다. 표현은 해석한 바를 타인에게 손상 없이 전달하는 하나의 기술이다. 좋은 해석에서 나온 좋은 생각을 탁월한 표현으로 임팩트 있게 표현하는 일은 해석만큼이나 중요하다.

매력적인 사람의 말

매력이란 도무지 어쩔 수가 없는 것이다. 그래서 무섭다. '이렇게만 하면 당신도 말의 달인이 될 수 있다!'고 외치는 수많은 화술 책을 단번에 무력화시키는, 매력이란 그런 것이다. 발성, 발음, 내용, 메시지, 표정까지 완벽한 말하기를 한다 해도 사람 자체의 매력이 없으면 듣는 사람의 마음을 사로잡지 못하는 것을 나는 수없이 목격했다. '과연 말 잘하는 방법론을 제시하는 것이 진정으로 독자에게 남는 일일까?' 거듭 고민했다.

결국 나는 말의 기술보다는 말이 나오는 곳인 우리의 마음, 영혼, 생각, 감정 등에 대해 이야기하기 시작했다. 달변가보다 '매력가'가

되는 것이 말의 가치를 더욱 높이는 일이라고 생각했기 때문이다.

"우리 더 매력 있는 사람이 되어보자!"

그런 제안을 하는 일, 그러기 위해 어떻게 하면 좋을지에 대해 솔선하여 고민하고 질문을 던지는 일. 이것만이 내가 이 책에서 할 수 있는 전부이고 최선이다.

말을 잘 못해도, 그 사람 말이라면 귀 기울여 듣고 싶게 만드는 매력 있는 사람이 좋다. 말처럼 귀로 들리진 않아도, 인격이라는 무언의 음성을 들려주는 사람. 그런 사람과의 대화라면 말을 잘하고 못하고를 떠나서 별 시답잖은 말들이라도 풍요로운 음악처럼 나의 영혼에 흐를 것이다.

여기서 잠깐! 영혼이나 인격 같은, 무슨 말인지는 알겠으나 무슨 말인지 잘 모르겠는 그런 추상적인 단어 말고, 그래서 매력 있는 사람이 대체 어떤 사람이냐고 내게 묻는다면 단도직입적으로 이렇게 답하고 싶다.

"나다운 사람이 매력적이다."

10년 동안 말과 소통을 함께 고민하는 모임에 참석하며 천 명이 넘는 사람들을 만나고 내린 결론이다. 아무리 발표를 잘해도 그가 하는 말이 자신의 진실한 모습을 있는 그대로 당당하게 담아낸 것이 아니라면 그의 말은 매력적으로 다가오지 않는다. 자신을 있는 그대로 드러낼 줄 아는 사람, 나다움을 잃지 않고 살아가는 사람은 조용한 가운데서도 언제나 당당한 기운이 넘친다. 그런 기운이 바로 매력이다. 자신감이란 표현도 얼추 들어맞겠다. 나답게 산다는 건 자신의 결점까지도 받아들이고 어떤 순간에서도 당당함을 잃지 않는 것이다. 나는 그렇게 믿고 있다. 자신의 잘난 것을 드러내는 게 자신감이 아니라, 자신의 못난 것을 부끄러워하지 않는 게 자신감이라고. 그게 진짜 나다운 거라고.

어쩔 수가 없는 게 매력이어서 나는 어쩔 수 없이 이렇게밖에 말할 도리가 없다. 말이 곧 인격이고, 말이 곧 그 사람이라면 더 나은 인격을 갖고 더 좋은 사람이 되기 위해 노력하는 게 말을 잘하기 위한 가장 좋은 방법이 아닐까?

"저 사람 말은 참 좋아." 하고 누군가를 칭찬한다면, 그건 그 사람이 참 좋다는 소리다. 그의 말발이 좋다는 게 아니라 그의 인격이 마음에 든다는 소리다. 진짜 무서운 건 말발이 아니라 매력이다.

13

{

몰입을 불러오는 말

"어떻게 해야 말을 잘할 수 있을까요?"

다양한 대답이 돌아왔다. 자신감 기르기, 꾸준히 연습하기, 마인드 컨트롤하기, 책 읽기 등… 그중 누군가 '몰입하기'라고 답했다. 회사를 마치고 저녁 시간대 스피치 모임에 오면, 낮에 회사에서 있었던 나쁜 일이나 찝찝한 감정이 계속 마음에 남아서 말할 때 몰입이 되지 않는다고 털어놓는 사람이 많았다.

흐르는 강물처럼 말을 하려면 잘하려고 의식하지 않고 오직 말하는 내용에 집중해야 한다. 이것이 몰입인데, 몰입이란 물결 위의 배처럼 흐름을 타는 일이다. 저명한 심리학자인 미하이 칙센트미하이

(Mihaly Csikszentmihalyi) 박사는 그의 책《몰입》에서 이 원리를 설명했다. 일단 제목이 흐름이라는 뜻의 원제 'Flow'에서 '몰입'으로 번역돼 있다. 몰입은 흐름이다. 몰입은 산만하게 흩어져 있는 의식이 어느 순간 서로 조화를 이루는 경험으로 '삼매경'이라고 표현될 수 있는 하나의 거대한 흐름이다. 상대방과 얼마나 잘 소통하느냐는 당신이 말을 하고 있는 그 순간에 얼마나 깊이 몰입하여 집중할 수 있느냐에 달렸다.

영화 '빌리 엘리어트(Billy Elliot)'에서 발레리노를 꿈꾸는 소년 빌리가 로얄 발레학교에 입학하기 위해 시험을 치르는 장면이다. 심사위원이 빌리에게 물었다.

"빌리, 춤을 출 때 어떤 기분이니?"

빌리는 한참을 벙어리처럼 가만히 있다가 대답한다.

"모르겠어요… 그냥 기분이 좋아요. 조금 어색하기도 하지만… 한번 시작하면 모든 걸 잊게 되고 그리고… 사라져버려요. 사라져버리는 것 같아요. 내 몸 전체가 변하는 기분이죠. 마치 몸에 불이라도 붙은 기분이에요. 전 그저 하늘을 나는 한 마리의 새가 되죠. 마치 전기처럼… 네, 전기처럼요!"

빌리가 춤을 출 때 느끼는 기분. 이것이 몰입이다. 세상도 사라지고 나도 사라지고 오직 춤만 남는 황홀경. 빌리는 춤을 추면서 깊은 몰입의 자유를 느낀 것이다.

말을 하는 동안에는 말하는 내용 이외의 것은 다 잊자. 잊는다는 것은 잊어야 할 대상을 떠올리며 '잊어야지.' 마음먹는 게 아니라 처음부터 다른 것을 생각하는 것이다. "분홍색 코끼리를 생각하지 말라!"고 하면 당신은 이미 분홍색 코끼리를 생각한 후 아닌가? 그 코끼리를 당신 머릿속에서 내쫓는 방법은 단 한 가지. 처음부터 다른 동물을 생각하는 것이다. 몰입을 위해 뇌에 스위치 하나를 달자. 우리 머릿속에 무슨 잡생각이 가득 차 있든지 상관없이 스위치가 켜지는 순간, 의식은 재빠르게 몰입의 원 안으로 들어간다. 몰입의 황홀경을 한 번이라도 맛본 사람이라면 몰입할 수 있는 일들을 또다시 찾게 된다. 가수들이 무대에 중독성을 느끼는 건 관객의 환호성 덕분이기도 하지만 노래를 부르는 4분 동안 온전히 몰입의 황홀경을 누렸기 때문이다.

$\int$

집착을 놓게 하는 말

4년 전 밴쿠버 때의 김연아는 잊은 지 오래됐다. 지금 여기, 현재에만 집중하고 있다.

- 김연아

세계를 제패한 피겨선수 김연아. 그녀가 강심장이라는 건 온 국민이 다 안다. 세계 무대에서 육중한 부담감과 스트레스를 극복하고 목표한 바를 이루는 모습은 피겨 실력만큼이나 감탄스럽다. 김연아가 강심장일 수 있는 비결이 궁금했다. 태생적으로 털털한 성격도 있겠지만 평생에 걸쳐 부담감과 싸워온 사람만이 터득할 수 있는 마음 경영법이 분명 있을 것 같았다. 2014년 소치 올림픽을 앞둔 김연아의 인터뷰를 보며 그 비결을 짐작할 수 있었다. 그녀의 대답은 하나의 키워드로 귀결됐다. 바로 '리셋(Reset)'.

"이제 프리 스케이팅만 남겨졌습니다. 경기에 임하는 각오 한마디 해주시죠."

지겹게 들었을 이 질문에 그녀 또한 매번 비슷한 답변을 내놓았다.

"모든 것을 새로 시작한다는 마음으로, 이전의 경기를 잘했든 못했든 상관없이 경기에 임하겠습니다."

한마디로 리셋하겠다는 말이다. 마음에 집착 덩어리가 조금이라도 남아 있으면 경기에 온전히 집중할 수 없다는 것을 그녀는 오랜 훈련과 경기 경험을 통해 몸소 깨달았을 것이다. 김연아는 눈앞에 주어진 경기가 처음인 것처럼 매번 비움의 의식을 치렀다.

불교의 관점을 빌리자면 무언가를 바라거나 혹은 바라지 않는 모든 마음의 판단이 집착을 낳고, 이 집착은 마음의 흐름을 막는 장애물이 된다. 김연아의 인터뷰를 보면 그녀가 마음에 집착 덩어리를 만들지 않는 것을 매우 중요하게 생각했음을 알 수 있다. 그녀는 "쇼트 프로그램을 잘했으니까 프리 스케이팅도 실수 없이 하고 싶다."라든지 "쇼트 프로그램에서 실수를 했으니까 프리 스케이팅에서는 실수를 하지 않겠다."라는 식으로 말하지 않았다. 김연아는 알고 있었다. 아무리 좋은 각오일지라도 그것이 마음 안에서 틀을 만드는 순간 자신을 옭아맨다는 것을. "이전 올림픽에서 금메달을 땄으니까 이번에도 잘할 수 있다."는 각오는 언뜻 보면 스스로를 격려하는 긍정적인 생각 같지만 그마저도 하나의 집착인 것이다. 빈방보다 안전한 공간은 없다.

말도 마찬가지다. 지난번에 말을 잘못했으니 이번에는 잘해야 한다는 생각, 이번에 보고를 잘해야지 진급을 할 수 있다는 생각. 이런저런 생각, 생각, 생각… 이런 생각의 흐름에서 벗어나 오직 텅 빈 공간에 머물러야 한다. 이어져오고 이어져가는 시간의 흐름 속에서 철커덩하고 이 순간만을 떼어낼 줄 알아야 한다. 백지상태로 마음을 리셋할 줄 알아야 한다. 그럴 수만 있다면 이전의 시간도 이후의 시간도 없이 '오직 이 순간'만 남게 된다. 덩그러니 떼어진 이 순간, 바로 몰입이 시작되는 지점이다.

《그리스인 조르바》를 쓴 니코스 카잔차키스(Nikos Kazantzakis)는 묘비명에 이런 글을 남겼다.

"I hope for nothing. I fear nothing. I am free." (나는 아무것도 바라는 것이 없다. 나는 아무것도 두렵지 않다. 나는 자유다.)

집착이 없는 상태, 즉 자유로운 마음의 상태는 아무것도 바라지 않는 것에서 출발한다. 아무것도 바라지 않는 'nothing'의 상태가 곧 'reset'의 상태다. 김연아는 경기를 치르는 그 순간에 우승을 원했을까? 나의 추측이 틀리지 않았다면 김연아는 분명 아무것도 원하지 않았을 것이다. 우승을 원했던 시간은 경기 전과 경기 후였지 그 순간은 아니었을 것이다. 경기가 시작되고 음악이 흐르는 순간, 그땐 올림픽도 없고 금메달도 없고 관중의 시선도 없고 오직 노래와 동작만이 남는다. 그 텅 빈 우주 속에서 김연아는 오로지 홀로 존재했을 것이다.

∫

곧바로 행동하게 하는 말

지옥으로 가는 길은 좋은 결심으로 덮여 있다.

― 안젤름 그륀Anselm Grun, 《머물지 말고 흘러라》

인도의 사상가 지두 크리슈나무르티는 말했다.

"결심이라는 것은 안 하기로 결심한 그것을 강화시키기 때문에 좋지 않습니다. 결심은 억제, 폭력, 갈등을 불러옵니다."

보통 결심이란, '실행에 앞서 추진력을 불어넣는 유익한 과정'으로 아는 사람이 많지만 결심은 내면에 작용―반작용을 일으키는 모순 덩어리다. 하지 않으려고 하면 더 하게 된다.

차동엽 신부는 《무지개 원리》를 통해 심리학적 논리에 근거, 이 모순에 대한 대비책을 내놓았다. 나쁜 습관을 바꾸기 위해 '하지 않겠다.'라는 부정문이 아닌 긍정문으로 결심의 말을 해야 한다는 것이다. 즉 3P 공식인데, 긍정적(Positive)－현재형(Present)－개인적(Personal)인 문장으로 결심의 문구를 만들어야 한다. "더 이상 담배를 피우지 않겠다."라는 말 대신 "나는 금연가다."라고 말해야 금연에 성공할 가능성이 높아진다고 한다.

하지만 가장 좋은 건 결심을 아예 안 하는 것이다. 독일의 안젤름 그륀(Anselm Grun) 신부는 이렇게 말했다.

"'지옥으로 가는 길은 좋은 결심으로 덮여 있다.'는 속담이 있습니다. 몇 번씩이나 무언가를 계획하지만 실행하지 못한다면, 그건 바로 지옥을 준비하는 것과 마찬가지입니다. 결심을 해도 똑같은 행동을 반복하는 저를 발견했습니다. 그러자 분노가 치밀었지요. 스스로를 책망하고, 자신을 거부했습니다. 내면의 분열은 이렇게 커져갔습니다. 결국 나는 이 분열을 극복할 수 없는 경지에 이르렀습니다. 이 때 나는 신에게 의지했습니다. 비로소 마음의 평화를 찾을 수 있었지요. 당신도 내면의 분열을 막으려고 애를 쓰면 쓸수록 성취도는 더욱 작아지지 않던가요?"

그의 말이 옳다. 결심을 하고 결심한 바를 100퍼센트 실행해낸다면 문제가 없다. 허나 인간이란 나약한 존재고 결심이란 놈은 언제나 나약한 인간들 앞에 덫을 놓는다. 잘해보자고 한 결심이 내면의 분열을 불러와 마음을 가시밭으로 바꿔놓는다. 생각하고 바로 실행에 옮기는 것. 이것이 최선이다. 계획이란 놈이 결심이란 집에 들어가 죽치고 앉아 있지 못하게 해야 한다. 행동이란 목적지로 직행하게끔 계획의 등을 떠밀어야 한다.

행동하는 힘이 추진력이지 결심하는 힘이 추진력은 아니다. '하루에 세 장씩 글쓰기' 계획을 세웠다면 '하루에 세 장씩 글을 쓰겠어!'라고 결심의 말을 되뇌지 말고, 그냥 다음 날 해가 뜨면 조용히 컴퓨터 전원을 켜면 된다.

더 말리고 싶은 건 타인에게 공언하는 결심이다. 만약 당신에게 20년 동안 못 고친 지각 습관이 있고 오늘도 친구와의 약속 시간에 늦었다면 그냥 미안하다고 말하면 된다. "내일은 진짜 안 늦을게!"라고 공언하는 순간, 그리고 내일 또 지각을 하는 순간, 당신은 스스로 자책하게 될 것이다. 내적 분열의 구렁텅이에 빠지고 말 것이다. 이건 자기 내면만 분열되는 게 아니라 타인과의 관계까지도 분열되므로 더욱 심각하다. 내적 평화를 원한다면 결심 따위는 그만, '닥치고' 실행해야 한다.

16

그냥 믿고 싶어지는 말

당신이 자신에 대해서 생각하는 것은

다른 사람들이 당신에 대해서 생각하는 것보다 훨씬 중요하다.

                        – 세네카Lucius Annaeus Seneca

인간이 산업화를 거치면서 잃어버린 것은? 간디가 물레를 돌렸던 이유는? 당신이 가끔 이유 없이 불안한 이유는? 이 질문들에 대한 답은 하나, 바로 '자급자족'이다. 원래 인간은 수렵과 농경으로 자신이 먹을 음식과 입을 옷을 자급자족했지만 산업화가 되면서 자급자족 능력을 상실했다. 노동력을 활용해 돈을 벌고 번 돈을 음식으로 다시 바꿔야 배를 채울 수 있게 되면서 일자리만 잃어도 삶이 와르르 무너지는 나약한 존재가 됐다. 또 간디는 자급자족 메시지를 전하기 위한 상징적인 행위로써 밤낮없이 물레를 돌렸다. 자급자족이 곧 인간 존엄의 회복이므로. 당신이 이유 없이 불안한 이유 또한 같다. 칭찬의 '자급자족'이 부족해서다.

자급자족한다는 것은 강하다는 뜻이다. 진정한 어른이란 스스로를 보살필 줄 아는 사람, 감정의 영역까지도 자급자족할 줄 아는 사람이다. 우리에겐 아빠가 필요하고 엄마가 필요하고 친구가 필요하고 선생님도 필요하지만 이들이 곁에 있어주지 못할 때도 많다. 그럴 때 스스로에게 아빠, 엄마, 친구, 선생님이 되어 위로와 용기를 자신에게 줄 수 있다면 흔들리지 않는 내면을 가질 수 있다. 랄프 왈도 에머슨(Ralph Waldo Emerson)은 이것을 '도구상자'라고 표현했다. 자기 내면에 도구가 고루 갖춰진 도구상자가 구비돼 있어야 하며, 필요할 때 즉각 꺼내 스스로를 도와야 한다는 것이다.

도구상자에서 '칭찬'은 필수 품목이다. 우리는 칭찬을 자급자족할 줄 알아야 한다. 칭찬을 내부에서 자체 공급하지 못하고 외부 조달에만 의존하면 마음에 안정감이 생기기 힘들다. 우리는 누군가 물을 주지 않으면 시들어버리는 온실 속 화초가 되어선 안 된다. 외부에서 오는 칭찬은 탄산음료와 같다. 마시면 시원하고 짜릿하지만 마실수록 또 마시고 싶고 갈증 난다. "슬픔을 견디듯 기쁨도 잘 견디게 해주소서."란 기도문처럼 타인의 칭찬을 잘 '견뎌내야' 한다. 칭찬이 듣기에 좋은 것이긴 하나 결국 양날의 검이란 걸 잊어선 안 된다. 내가 무언가를 잘했어도 누군가 칭찬해주지 않으면 섭섭하고 심지어 울적해지기도 하는데 이런 감정을 경계해야 한다. 칭찬을 들어도 무던하려고 노력한다면 언젠가 내게 저평가와 비난의 때가 온다고 해도 똑같은 무던함으로 견딜 수 있을 것이다.

"하늘은 스스로 돕는 자를 돕는다."라는 말이 있다. 열심히 노력하면 좋은 일이 생긴다는 뜻이지만, 자기 스스로를 귀히 여기고 칭찬해주고 다독일 줄 알아야 하늘도 그 사람을 귀히 여겨 대접해준다는 뜻이기도 하다. 스스로 돕는 자는 인생의 주도권을 자기 자신이 쥐고 있다. 반면 남으로부터 칭찬받길 기대하는 사람은 인생의 주도권을 그 사람 손에 넘긴 것과 다름없다. 《법구경》에 이런 말이 있다.

"나야말로 내가 의지할 곳이다. 나를 제쳐놓고 내가 의지할 곳은 없다. 착실한 나의 힘보다 더 나은 것은 없다."

남이 나를 어떻게 생각하느냐보다 내가 나 자신을 어떻게 생각하느냐를 더 중요하게 여기는 사람. 그런 사람을 보면 괜히 믿음이 간다. 그런 사람이 하는 말이라면 그냥 믿고 싶어진다.

ʃ

불안을 에너지로 바꾸는 말

시원하다고 말할 수 있는 건 여름이고, 따뜻하다고 말할 수 있는 건 겨울이다. 계절과 언어의 아이러니. 정작 시리도록 시원한 건 겨울이고, 데일 정도로 따뜻한 건 여름인데 말이다. 겨울을 꼭 닮은 차가운 아이스커피는 정작 겨울과 가장 닮지 않은 여름이 돼서야 그 진가를 발휘한다. 한겨울에 아이스커피를 마시며 우리가 차마 하지 못하는 이 말, "아 시원하다!" 오직 여름에만 할 수 있는 말이다.

자신감도 그렇다. 정작 우리의 진정한 자신감이 진가를 드러낼 때는 우리가 가장 불안할 때가 아니던가? 모든 일이 순조롭게 돌아갈 때 사람은 애써 자신감을 간구하지 않는다. 마치 평소에는 산소를 의식 않고 살다가 물속에서 숨을 못 쉴 때가 와서야 비로소 산소 한 모금이 간절해지는 것과 같은 이치다. 물속에서 막 머리를 꺼내 크고 가쁜 숨을 몰아쉴 때, 그때 비로소 산소의 진가를 마주하게 된다. 마찬가지로 우리가 불안에 떨고 있을 때, 그때야말로 우리 내면에서 진정한 자신감을 끄집어낼 수 있는 절호의 타이밍이다.

불안을 에너지로 바꾸는 힘, 이 힘이 발휘될 때 흔들리지 않는 자신감이 형성된다. 그리고 불안은 기회가 된다. 계절과 언어의 아이러니를 발견하듯 우리 마음속 불안에 깃든 평온함을 발견할 수 있다면, 그 평온 안에 자리한 자신감도 만날 수 있다. 바닥까지 가라앉아서 그 바닥을 치고 높이 솟아오르듯이 불안할 땐 불안의 바닥 끝까지 가보자. 불안의 밑바닥에서 자신만의 에너지를 잔뜩 끌어모아 힘차게 수면 위로 박차고 떠올라보자. 물 위로 고개를 쳐들었을 때 힘껏 가쁜 숨을 몰아쉬며 환하게 웃을 수 있을 때, 이 웃음에서 진정한 자신감은 솟아난다.

자신감은 마음의 평온이다. 내가 잘할 수 있는 걸 할 때는 폭발하지만 자신 없는 걸 할 때면 수그러드는, 경우에 맞게 모습을 바꾸는 그런 건 진짜 자신감이 아니다. 내가 무언가를 잘할 수 있든 없든 상관없이 나 자신을 믿는 것. 내가 잘하고 있지 못할 때도 그런 못난 나를 인정하고 토닥이는 것. 남들의 시선에 상관없이 마음의 고요한 원안에 머물 수 있는 내면의 힘. 그런 평온의 상태가 자신감이다. 말 속에 차분함과 충만한 자신감을 품은 사람을 볼 때면 이렇게 되뇐다.

'저 사람, 한때는 참 많이도 불안했겠지.'

18

자기 암시의 말

마음속 비전이 진실하고 강력하다면 그것은 현실에서도 진실하고 강력할 것이다.

그것은 인간이 암흑 속에서 보이지 않는 눈을 가지고도 볼 수 있는 미래다.

- 인디언 라코타족 '검은 고라니'의 연설

이 책을 쓰기 위해 여러 사람을 만나 인터뷰를 했다. 그들 대부분은 사람들 앞에서 말할 때 자신이 얼마나 떨었는지에 대한 이야기로 시작했다. 개다리춤 추듯 다리가 후들거려 벽을 잡고 발표한 회사원부터, 발표 전에 마시려고 넣어둔 동아리방 냉장고 속 소주를 선배가 마셔버리는 바람에 발표를 포기한 대학생까지. 그중 최고봉은 발표하러 나가다가 기절한 남자다. 미리 말해두지만 이 역대급 주인공은 현재 대학 강단에서 많은 학생들에게 심리학을 가르치는 교수가 되었다. 떨려서 기절까지 한 사람이 사람들 앞에 서는 직업을 갖기까지. 그에게 무슨 일이 있었던 걸까?

그가 초등학교 2학년 때였다. 눈을 떠보니 양호실 침대였다. 이름이 호명되고 교단을 향해 두 발짝 걸어간 것까지 기억이 나는데 그 후의 기억은 없었다. 젊은 여선생은 누워 있는 그에게 울듯이 말했다. 다시는 발표 같은 거 시키지 않겠다고. 선생님이 새끼손가락 걸고 약속한다고. 미안하다고. 기절 사건 이후 한동안 그는 부끄러워 친구들을 피했다. 청소도구함 안에 숨어서 혼자 책을 읽곤 했다. 세월이 흘러 청소도구함에 들어가기엔 몸집이 너무 커져버린 고등학교 2학년 때, 그는 연극 동아리에 들어갔다. 비록 수줍음이 많았지만 연출에 대한 열정이 컸기 때문에 용기를 낸 것이다. 동아리 친구들과 모여 무대를 구상하고 이야기 나누는 과정 속에서 서서히 자신감을 찾았다.

그러던 중 인생을 뒤바꾼 사건이 일어났다. 드라마에 자주 나오는 전개처럼, 무대에 서야 하는 연기자가 아파서 펑크를 낸 것이다. 그가 대신 무대에 올라야만 했다. 기절할 것 같았지만 그는 무대에 올랐다.

막이 오르고, 막이 내렸다. 믿을 수 없는 일이 일어났다. '이게 원래 내 모습이 아닌데?' 싶을 정도로 무대에서 연기를 잘해낸 것이다.

그는 무대에 오르기 전 자신 있게 연기하는 자신의 모습을 끊임없이 머릿속으로 시뮬레이션했고 그것이 큰 도움이 됐다고 말했다. 그날 이후 강단에 서는 지금까지도 그는 사람들 앞에 서기 전 무조건 시뮬레이션 과정을 거친다고 했다. 그것도 아주 상세하게 말이다. 자신을 바라보는 학생들의 눈빛, 화이트보드에 부드럽게 내려앉는 글씨들, 그때의 감정까지 진짜처럼 느껴질 정도로 생생히 그려본다. 한번은 매일 하던 시뮬레이션을 하지 않고 교단에 섰는데 인생의 두 번째 기절을 맞이할 뻔했다고, 그래서 사람들 앞에 서기 전에는 무조건 시뮬레이션을 거친다고 했다.

시뮬레이션은 가상의 일이지만 그 효과는 실재한다. 시뮬레이션을 통해 머릿속 공간에서 그 현실을 미리 한번 살아볼 수 있고, 실제로 강의를 하는 건 두 번째 하는 것이나 마찬가지다. 뭐든지 두 번째는 쉬운 법. 지금은 은퇴한 역도선수 장미란도 경기 전에 머릿속으로 자신이 역기를 들어 올리는 모습을 반복해서 시뮬레이션했다고 한다. 중요한 건 '감정'까지 생생히 느껴야 한다는 것이다. 성공 후의 짜릿한 희열을 실제 닭살이 올라올 정도로 생생히 느껴야 그 감정의 에너지 파장이 현실에서도 희열을 느끼게끔, 그런 마인드 상태로 자신을 이끈다.

우리 마음속에는 이미 우리의 미래가 들어 있다. 이미 도착해준 고마운 미래에 먼저 다가가 살갑게 안면을 터놓으면 그 미래가 예정보다 빨리 현실로 모습을 드러낼 것이다. 꿈을 이루고 싶다면 꿈을 이룬 자신의 모습을 부지런하고도 생생하게 상상해야 한다. 상상은 이미 도착한 미래다.

19

누구에게도 휘둘리지 않는 말

사람들은 침묵을 지켜도 비난을 하고, 말을 많이 해도 비난을 하며,

조금만 말해도 비난을 한다. 이 세상에서 비난받지 않을 사람은 없다.

- 《법구경》

자신의 행동을 하나하나 남에게 설명하는 사람은 타인의 시선을 지나치게 의식하는 사람이다. 자신감이 없거나 착한 아이 콤플렉스일 가능성도 크다. 누구에게나 그런 면이 있을 수 있고 나 또한 그런 적이 있었다.

막 대학생이 됐을 때, 여의도 공원에서 친구들과 생일파티를 하는

데 케이크 초에 불을 켤 성냥이 없었다. 우리는 누구든 지나가는 사람에게 라이터를 빌리자고 했다. 그런데 한낮의 여의도 공원은 인적이 매우 드물었고 40대로 보이는 아주머니 한 분만이 우리 쪽으로 다가오고 있었다. 나는 그녀에게 다가가 물었다.

"아주머니, 실례지만 혹시 라이터… 없으시죠?"

아주머니는 없다고 대답했다. 알겠다고 말하고 돌아서려다가 나는 괜히 궁금해하지도 않는 아주머니에게 설명을 늘어놓기 시작했다.

"하하하! 라이터는… 음… 제 친구 생일인데 케이크 생일 초에 불을 붙이려고요. 하하하!"

아주머니가 지나가고 "너는 그걸 뭘 그렇게 설명하느냐."면서 친구들은 한참을 배꼽이 빠져라 웃었다. 낙엽만 떨어져도 데굴거리며 웃던 그 시절 우리에게는, 아주머니를 향한 나의 구차한 설명이 너무 웃겼다. 라이터를 빌리면 아주머니에게 혹시 흡연자로 오해받는 건 아닐까 두려웠던 나도 결국은 착한 아이 콤플렉스에 빠져 있었다. 아직도 내게는 모두에게 착한 아이로 보이고 싶은 바보 같은 욕심이 남아 있고, 그것을 고치려는 노력도 계속되고 있다.

국어사전에 따르면 '변명'은, 어떤 잘못이나 실수에 대하여 구실을 대며 그 까닭을 말하는 것을 뜻한다. 명백히 자신의 잘못이라면 그것을 인정하고 사과하는 것은 당연한 일이고, 더불어 왜 그런 잘못을 하게 됐는지 이유를 덧붙이는 것도 필요하다. 다만 사과 뒤에 붙는 이유가 지나치게 구체적이거나 길어지면 모양 빠지는 일이 된다. 길어진 부연설명은 사전적 의미의 '변명'을 넘어, 흔히 우리가 부정적으로 사용하는 구차한 뉘앙스의 '변명'이 되기 십상이다.

변명은 두 가지 얼굴을 가진다. 하나는 "내가 잘못을 하긴 했지만 그럴 만한 충분한 이유가 있었다."는 억울함의 호소이고, 또 하나는 "내가 사과를 하긴 했지만 사실은 잘못한 게 없다고 생각한다."는 부정의 표현이다. 둘 다 보기 좋은 얼굴은 아니다.

변명을 길게 하는 사람 치고 품위 있는 사람을 보지 못했다. 어떻게 사과하는지를 보면 그 사람의 인품을 가늠해볼 수 있는 것이다. 무언가 잘못을 했을 때 그것을 인정하고 사과를 하되, 변명이 길어진다면 그 사람은 어쩐지 인격적으로 못 미더운 느낌이 들기 마련이다. 자신을 지나치게 변호한다는 것은 그만큼 자신을 철저히 방어한다는 뜻이고, 그런 사람일수록 타인이 무언가 잘못했을 때 더욱 엄격하게 따지는 경향이 있다.

잘못에 대한 변명뿐만 아니라 누군가에게 부탁을 할 때도 간결하게 말하는 것이 품위 있다. 부탁을 하는 행위는 보통 상대에게 무언가 빚을 지는 일인데, 이때 자연히 두 사람 사이에는 갑을 관계가 형성된다. 부탁을 하는 을이 부탁의 말을 너무 구구절절하게 늘어놓으면 상대방에게 자신이 을이란 사실을 재차 확인시켜 상대방과 자기 자신을 더욱 불편한 갑을 관계로 몰아넣는 셈이다. 제대로 된 인품을 가진 갑이라면 을이 저자세로 나올 때 우월감보다는 부담감을 느낀다. 을 역시 스스로의 당당함을 손상시키는 것은 좋을 게 없는 일이다.

변명이나 구차한 말을 하는 바탕에는 모든 사람에게 좋은 사람이고 싶고, 어느 누구에게도 비난받고 싶지 않은 착한 아이 콤플렉스가 있다. 어차피 모든 사람을 만족시킬 수 없고 누군가로부터 욕 듣는 것을 피할 수 없다면 차라리 비난을 감수하더라도 변명하지 않는 편이 낫다. 자신의 행동에 대해 일일이 설명하지 않는 당당함은 그 사람의 고매한 인품을 드러낸다.

20

}

기분 나쁘지 않게 거절하는 말

언젠가 할리우드 스타 톰 크루즈(Tom Cruise)가 인터뷰에서 리포터에게 "그 질문에는 대답하지 않을 게요."라고 말하는 것을 본 적 있다. 그는 진중하고 밝은 미소로 그렇게 말했고 리포터 역시 아무렇지 않게 다음 질문으로 넘어갔다. 그 장면이 약간 낯설게 느껴진 건 비단 문화 차이 때문이었을까? 아니다.

'아! 모든 질문에 다 대답을 할 필요는 없는 거구나.'

조금 싱겁지만 순간 그런 깨달음을 얻었다.

우리나라 사람들은 질문에 대답을 하지 않는 것을 예의 없는 행동으로 여기는 경우가 종종 있다. 하지만 질문이라고 다 제대로 된

건 아니기에 모든 질문에 대답할 필요는 없다. 대답을 하고 나서 상처받을 질문이라면, 대답을 하고 나서 괜한 오해를 사거나 곤경에 빠질 수 있는 질문이라면 아예 대답을 안 하는 편이 현명하다.

부탁을 거절하는 것도 마찬가지다. 스피치 모임에 가요제에서 수상한 경력이 있는 젊은 싱어송라이터 여성이 있다. 사람들은 그녀만 보면 노래를 불러달라고 하는데, 요청하는 태도는 제각각이다. 노래 실력을 아낌없이 칭찬하면서 라이브로 꼭 듣고 싶다고 청하는 예의파가 있는가 하면, 다짜고짜 "○○ 씨, 나와서 노래 한 곡 해봐요!" 하는 명령파가 있다. 믿기지 않겠지만 정말 이렇게 막무가내 식으로 요구하는 나이 지긋한 남성분이 계셨는데, 기타도 들고 왔으니 노래 한 곡을 불러보라고 그녀에게 재차 요구했다. 어르신의 부탁이라 어쩔 줄 몰라 하던 그녀는 "제가 지금은 준비가 안 돼서요…. 다음에 하면 안 될까요?" 하고 정중하게 거절했다. 하지만 어르신은 진정 포기를 모르는 집념의 사나이였다. 심지어 "지금 이런 자리에서도 못하면 큰 무대에서는 어떻게 하려고 그러느냐."며 나무라기까지 했다. 나는 마음속으로 그녀가 절대 노래하지 않기를 기도했다. 결국 그녀는 끝까지 미소를 잃지 않고 다음에 꼭 불러드리겠단 정중한 말로 거절 의사를 밝혔다. 나는 안도의 한숨을 내쉬었다.

사실, 그녀가 미안할 일은 아니었다. 부탁에 거절을 하는 것은 미안한 일이 아니라 정당한 일이다. 다만 너무 직접적이면 상대에게 상처를 줄 수 있고, 그렇다고 너무 꼬아서 말하면 의사전달이 제대로 안 될 수도 있다. 그래서 거절을 할 땐 지혜가 필요하다. 상대의 마음을 다치지 않게 하면서 나를 보호하는 거절의 지혜는 바로 '위트'디. 기분 좋은 위트를 섞어 거절의 이유를 예의 있게 말하는 것이다.

위트 있는 거절의 좋은 예를 본 적 있다. 모임에 가끔 통기타를 들고 와서 노래를 부르는 남성이 있었다. 어느 날 한 여성이 그에게 노래 한 곡 불러달라고 요청했다.

"아, 다음에 꼭 불러드릴게요! 너무 아름다우신 분이 요청하니까 떨려서 오늘은 안 되겠어요!"

그는 악보를 안 가지고 왔기 때문이라는 진짜 이유는 부연설명쯤으로 남겨두고, 위트 있게 상대의 미모를 칭찬하며 거절했다. 상대가 섭섭하지 않도록 배려하며 거절하는 그를 보며 '거절이 때로는 전화위복이 되어 긍정적인 결과를 낳기도 하는구나.'라는 생각이 들었다. 거절이란 게 꼭 곤란한 일만은 아닐 수도 있다. 어떻게 대처하느냐에 따라 분위기를 유쾌하게 만들 수도 있고 관계를 더욱 돈독하게 만들 수도 있다. 위트는 거절의 가장 고급 기술이다.

하고 싶지만 해서는 안 될 말

입과 혀는 재앙과 근심의 문이고, 몸을 망치는 도끼이다.

- 《명심보감》

누군가 그랬다. 열 가지 좋은 습관을 갖는 것보다 자신을 괴롭히는 한 가지 나쁜 습관을 버리는 것이 행복해지는 지름길이라고. 말도 그렇다. 열 마디 좋은 말을 하는 것보다, 한마디 상처주는 말을 하지 않는 것이 더 좋다. 마늘, 양파, 고기, 버섯, 두부 등 신선하고 좋은 재료를 잔뜩 넣어 일품요리를 만들어봤자 마지막에 재를 뿌리면 그 요리는 가치를 상실하고 만다. 제대로 말을 하는 사람은 좋은 말을 많이 하려고 하기보다 재 뿌리는 한마디를 하지 않도록 신중하고 조심하는 사람이다.

세 번 생각하고 한 번 말하라는 삼사일언(三思一言)으로도 부족하다고 여겼는지, 공자는 구사일언(九思一言)하라고 《논어》에서 이르고 있다. 아홉 번 생각하고 한 번 말하라는 건, 해서 안 될 말은 철저히 하지 말란 뜻으로 해석해도 무방하겠다. 하고 싶은 말을 다하다 보면 하지 말아야 할 말이 섞여 나오게 되어 있다. 그러니 우리는 구사일언을 명심하여, 하고 싶지만 해선 안 될 말을 '꿀꺽 삼키는' 연습을 해야 한다. '연습'이란 단어를 쓴 이유는 말을 삼키는 것도 노력을 하면 더 잘할 수 있는 '능력'이 되기 때문이다.

모임에 스물다섯 살 된 청년이 있다. 생각도 바르고 예의 있는 모습이 보기 좋은 친구다. 어느 날은 고민에 대해 서로 조언을 나누는 프로그램을 진행했다. 그런데 이 청년은 다른 이에게 자신이 조언을 해줄 차례가 오면 번번이 패스를 했다. 원래 저런 성격이 아닌데 오늘따라 왜 저렇게 성의 없는 태도일까 의아했다. 그런데 청년은 매번 패스하는 건 아니었고 자신이 겪었던 고민과 비슷한 고민이 나오면 열정적으로 이야기하기도 했다. 모임이 끝나고 청년에게 '발언권을 여러 번 포기한 이유'에 대해 물었다.

"내가 잘 알지 못하는 것에 대해 넘겨짚고 이래라저래라 조언하고 싶지 않았어요."

그의 신중함에 놀랐다. 보통은 타인이 자신에게 고민 상담을 해오면 괜히 으쓱해져서 무슨 말이라도 해주고 싶은 게 사람 마음인데, 청년은 끝까지 긴장을 놓지 않고 자신의 혀를 자제시킨 것이다.

알고 보니 청년의 구사일언 습관에는 가슴 아픈 사연이 있었다. 청년은 고등학생 때 미술을 공부하고 싶었다. 그러나 아버지는 아들의 미대 진학 준비를 반대했고 공부에만 집중하길 바랐다. 청년은 어쩔 수 없이 아버지의 뜻을 거스르고 미술학원에 다니며 꿈을 향해 정진했다. 자연히 아버지와의 관계는 서먹해졌다. 어느 날 밤늦게 미술학원을 마치고 집에 돌아갔더니 야간자율학습을 마치고 귀가한 청년의 동생이 아버지와 늦은 저녁을 먹고 있었다. 아버지는 현관에 들어서는 청년을 힐끔 보더니 동생을 향해 한마디를 던졌다.

"너는 저렇게 쓸데없는 짓 하지 말고 공부만 열심히 하도록 해."

그 말을 듣고 방으로 들어간 청년은 칼 하나가 가슴에 쿡 박힌 느낌을 받았다. 그런데 문제는 시간이 지나면서 자연스럽게 빠져나갈 줄 알았던 가슴에 꽂힌 칼이 아직도 그대로라는 것이었다. 지금도 아버지를 볼 때면 가슴 가운데가 쓰리다고 청년은 고백했다. 그때 일로 청년은 스스로에게 한 가지 약속을 했다. 남에게 조금이라도 상처로 남을 수 있는 말은 절대로 내뱉지 말자고. 아버지처럼 누군가의 마음에 칼을 꽂는 일은 살면서 절대 하지 않겠다고.

청년의 말을 듣고 멋지다는 생각과 함께, 한편으로는 '형처럼 쓸데없는 짓 하지 말'라는 말이 7년이 지나도 아플 만큼 그렇게 심한 말인가?' 하는 생각도 들었다. 이런 의문을 갖는 순간 스스로의 경솔함에 뜨끔했다. 아마 청년의 아버지도 나처럼 '이게 그렇게 심한 말은 아닐 거야.'라는 생각으로 그 말을 뱉었을 것이다. 하지만 듣는 당사자에게는 치명적인 상처가 될 수도 있다는 것. 이것이 중요한 지점이다. 자신이 의도한 바가 듣는 이에게도 딱 그만큼의 중량감으로 전해질 것이란 착각은 아주 무서운 것이다. 자신은 시속 20킬로미터로 칼을 던졌어도, 그걸 맞는 사람에게는 시속 200킬로미터로 날아가 꽂힐 수 있단 것을 잊어선 안 된다.

그때 청년의 아버지가 먹고 있던 밥과 함께 그 말을 삼켰더라면 지금 아들과의 관계는 달라졌을까? 분명 달라졌을 거라 아들은 생각한다. 밥을 삼키는 것처럼 말을 삼키는 것도 쉬운 일이라면 얼마나 좋을까. 하지만 쉬운 일이 아니라고 한숨짓는 대신, 쉬운 일이 아니기 때문에 도전할 만한 가치가 있다고 생각할 수도 있다. 그러니 부지런히 연습해볼 수도 있겠다. 이 말을 하면 상대가 상처받을 수도 있겠다, 어쩌면 실례가 되겠다 싶은 말은 비록 그 말을 뱉고 싶어 미칠 지경이라도 꾹 삼켜보는 거다. 일상 속에서 그런 연습을 해보는 것. 처음에는 힘들겠지만 밥을 먹고 몇 시간이 지나면 배가 꺼지듯, 하고 싶은 말을 삼키는 고통 또한 시간이 지나면 사라질 것이다.

말을 삼키는 것은 성숙한 인격을 지닌 사람의 일이다. '삼킨다.'는 말은 '소화시킬 수 있는 능력'을 전제로 한다. '두려움을 삼킨다.'는 말에는, 그 사람이 두려움을 먹어 해치울 수 있는 배짱이 있다는 의미가 내포되어 있다. 하고 싶은 말을 삼키는 것 역시 삼킨 말을 내 안에서 삭혀서 없앨 수 있을 만큼 나 자신이 넉넉한 사람이란 걸 증명하는 일이다.

"무엇이고 참을 수 있는 사람은 무엇이고 이룰 수 있다."

누군가가 남긴 이 강렬한 명언처럼 우리가 훈련을 통해 어떤 말이든 참아낼 수 있게 된다면 무엇이든 이룰 수 있을 것이다.

~

말맛을 살리는 말

손 안의 재료로 맛있는 말을 만드는 비법은 '단어 배치를 어떻게 하느냐'에 달려 있다. 단어와 단어가 빚어내는 관계가 마음을 끌어당길 수 있다면 굳이 고급어휘를 사용하지 않아도 힘 있는 말을 할 수 있다. 이것은 창의성을 요하는 작업이다. 마치 랩이나 시에서의 단어 쓰임처럼 말이다.

"어제 아이스크림을 먹었습니다. 치즈케이크 아이스크림이었는데 마치 입 안에서 미각의 축제가 벌어진 것 같았어요. 일품이었습니다. 아이스크림에 치즈케이크 조각들이 많이 박혀 있었는데 한 입 베어 물었을 때 치즈 조각 서너 개가 한꺼번에 들어오면서 세상 부러울 게 없었습니다."

이 사람은 '미각' '축제' '일품' 등 꽤 화려한 어휘들을 사용했다. 하지만 이런 단어들을 사용하지 않아도 충분히 말맛을 살릴 수 있다.

"여러분은 어떨 때 행복하십니까? 저는 아이스크림을 먹을 때 행복합니다. 어제 치즈케이크 아이스크림을 먹었는데요. 달콤해서 행복했고, 치즈 조각이 씹힐 때면 깊은 치즈 향에 행복했고, 좋아하는 사람과 마주 보고 먹어서 더 행복했습니다. 때론 작은 것으로도 큰 행복을 느낄 수 있다는 생각이 들었습니다."

이 사람은 '행복'이라는 단어밖에 모르는지 별다른 어휘를 사용하지 않고 행복이란 단어를 반복해서 썼다. 그럼에도 불구하고 수준이 떨어진다는 느낌이 들지 않은 것은 단어 배치를 잘했기 때문이다. '달콤해서 행복했고, 깊은 치즈 향에 행복했고, 좋아하는 사람과 먹어서 더 행복했다.'는 문장은 마치 랩에서처럼 행복이란 동일어가 리듬감을 만들어낸다. 일정한 타이밍에 배치된 행복이란 단어가 그런 운율감을 살리고 있다.

또 '작은 것으로도 큰 행복을 느낄 수 있다는 생각'에서 '작은'과 '큰'이 반대의 느낌으로 서로 짝을 이루었다. 이런 방식으로 말맛을 살린 것이다. 어려운 단어 하나 없이도 이렇게 듣기 좋은 이야기를 만들 수 있다. 단어를 감각적으로 배치하기만 해도 말이다.

어휘력을 키우려면 소설을 읽고, 어휘 배치 감각을 키우려면 시를 많이 읽어야 한다고 생각한다. 담백하면서도 깊은 맛을 내는 음식은 그 요리 과정을 보면 그리 많은 재료가 동원되지 않는다. 시를 많이 읽어야 하는 이유도 그래서이다. 따로 놓고 보면 매우 평범한 단어들도 시 안에서 최상의 배열로 위치해놓고 보면 황홀한 세계를 이룬다. 그래서 시는 꼭 다이아몬드를 닮았다. 탄소 원자는 어떻게 배열되느냐에 따라서 흑연이 되기도 하고 다이아몬드가 되기도 한다. 둘 다 재료는 똑같이 탄소인데도 말이다. 단어를 어떻게 배열하느냐에 따라 우리는 흑연을 만들 수도 있고, 다이아몬드를 만들 수도 있는 것이다.

∫

오래 기억되는 말

영화기자로 일할 때, 많은 배우와 감독을 인터뷰했지만 그중 오래도록 기억에 남는 인터뷰는 3분의 1이 될까 말까 한다. 왜 어떤 이의 말은 오래도록 기억에 남고 어떤 이의 말은 그렇지 않은 걸까? 그 힘은 어디에서 비롯될까? 꽤 오랫동안 이 질문을 품고 있었다.

봄이 막 시작되던 4월의 오후, '화장'을 들고 돌아온 임권택 감독과 인터뷰를 했다. 이 인터뷰는 크게 기억에 남은 인터뷰 중 하나다.

"평생 영화를 만드셨잖아요. 영화하기 참 잘했단 생각 많이 하시나요?"

임 감독이 대답했다.

"네, 내가 좋아하는 일이니까요."

어떠한 부연 설명도 붙이지 않은 간결한 대답이었다. 그러고 보니 임 감독은 한 시간 남짓한 시간 동안 '좋아하는'이란 말을 반복했다. 102편의 영화를 만들 수 있었던 원동력을 묻는 이전의 질문에도 그는 너무 짧은 대답으로 나를 당황케 했다.

"영화를 좋아해서죠."

그날 인터뷰를 하고 나오면서 이런 생각이 머릿속을 맴돌았다. 나는 진정으로 내가 좋아하는 일을 하고 살고 있는지, 아니면 남들이 보기에 좋은 일을 하고 있는지. 그리고 며칠 후 임 감독의 인터뷰를 글로 재구성하던 중 내가 오랫동안 궁금했던 '어떤 이의 말이 오래 기억에 남는 이유'에 대한 답이 불쑥 나타났다. 힘 있는 말을 하는 인터뷰이는 대부분 '자신만의 단어'를 반복하고 있었다. 임 감독이 '좋아하는'이란 말을 반복한 것처럼, 그들은 마치 서명을 하듯 자신도 모르게 특정 단어를 반복하고 있었다.

반복해서 쓰는 단어가 곧 그 사람의 철학이다. 늘 마음속에 품고 있는 가치가 특정 단어로 드러나 반복되기 때문이다. '자기만의 단어'를 가진 사람과의 대화가 오래 기억에 남는 건 그들이 분명한 삶의 철학을 지니고 있고, 그 철학이 대화를 통해 상대방에게 전달되기 때문이다. 이것은 거창한 것이 아니다. 예를 들면 어떤 여배우는 '즐긴다'란 말을 반복했고 한 젊은 남자배우는 '감사'란 단어를 수없이 반복했다. 말투가 차분했던 어떤 여배우는 '나에게 던지는 질문'이란 말을 인터뷰 한 시간 동안에 열 번은 했다. 이런 대화는 나로 하여금 '이 순간을 즐기고 있는지' '내 상황에 감사하고 살고 있는지' '스스로를 돌아보고 사는지' 생각하게끔 만드는 힘이 있었다.

이 글을 읽는 당신에게는 서명과도 같은 자신만의 시그니처 (signature) 단어가 있는지 묻고 싶다. 시그니처 단어를 찾는 건 의외로 간단하다. 내가 어떤 말, 어떤 단어를 자주 쓰는지 딱 하루만 의식해보면 발견할 수 있다. 물론 당신이 자신만의 철학을 가진 사람이라는 가정하에 말이다. 시그니처 단어는 당신이 어떤 사람인지를 설명하는 가장 좋은 수단이 될 것이다. 자기소개를 할 때 역시, 나이나 직업에 덧붙여 시그니처 단어를 사용해 말해보면 어떨까? 나의 내적인 모습까지 설명하는 가장 좋은 소개가 될 것이다. 디자이너가 철학을 갖고 만든 명품 옷에 시그니처 문양이 있듯 당신 언어에도 그런 문양이 있는지 궁금하다.

24

세상에 단 하나밖에 없는 말

말이 술술 잘 나올 때 이렇게 외치고 싶다.

"오, 이 짜릿한 케미스트리!"

내 안의 모든 지식과 꿈, 열정 그리고 감성들이 가장 아름다운 비율로 조화를 이뤄내는 기분이 들 때다. 새로운 생각이 내 안에서 꿈틀대고 그것이 입 밖으로 나와 세상에 밝은 빛을 더하는 기분. 사람들의 마음속에 오래도록 머무르기 위해 세상으로 나가는 내 안의 언어들. 이 황홀한 케미스트리!

실험실 풍경을 상상해본다. 흰 가운을 입고 보호안경을 쓰고 라텍스 장갑을 낀 연구원들이 부글부글 거품을 내며 화학실험을 하고 있다. 그들의 이름은 도스토옙스키(Dostoevski), 톨스토이(Lev Tolstoy), 헤르만 헤세(Hermann Hesse), 체호프(Anton Chekhov), 헤밍웨이(Ernest Hemingway), 니체(Friedrich Wilhelm Nietzsche), 호메로스(Homeros), 조지 오웰(George Orwell), 타고르(Rabindranath Tagore), 공자(孔子), 노자(老子) 등이다. 그들은 사이좋게, 때로는 티격태격 다투면서 실험을 하고 있다. 자기들끼리 뭉쳐서 회의를 하기도 하고 가장 멋진 케미스트리를 만들기 위해 실험실을 분주히 들락날락거린다.

고전은 한 사람의 머릿속에서 '생각의 케미스트리'를 만들어낸다. 고전을 많이 읽은 사람의 말에 힘이 있는 건 이런 케미스트리 덕분이다. 하나의 생각이 또 다른 생각과 사슬로 엮이고 섞여서 자신만의 고유한 시각을 갖게 한다. 고전은 수백, 수천 년 동안 시간의 바다에서 살아남은 어제와 오늘과 내일의 진리다. 고전이 품고 있는 것들은 우주처럼 깊고 넓다. 고전 안에는 지식만 있는 게 아니다. 거기에는 오랜 인간의 꿈과 소망, 내면에 내재된 신화까지 두루 담겨 있다.

말을 잘하기 위해 화술 책만 열심히 읽는 것이 과연 좋은 방법일까? 피아니스트 랑랑(Lang Lang)은 한 인터뷰에서 이렇게 말했다.

"하루 여덟 시간 연습을 하지만 내게 음악적 영감을 준 건 셰익스피어의 문학이었습니다."

　피아니스트가 피아노를 잘 치기 위해 피아노 연습만 한다면 그건 피아니스트란 직업을 가진 직업인일 뿐, 예술가는 아닐 것이다. 랑랑이 읽은 셰익스피어는 랑랑의 영혼을 지니 그의 손끝에 내려앉고 그 손끝은 피아노 건반 위를 춤추며 셰익스피어의 영혼을 연주한다. 글로 읽은 고전은 피아니스트에겐 음악이 되어 나오고, 요리사에겐 요리가 되어 나오며, 작가에겐 또 다른 글이 되어 나온다. 그리고 모든 사람에겐 '말'이 되어 나온다. 이것이 고전을 읽는 이유다.

∫

말싸움에서 지지 않는 말

싸움을 항상 조심하라.

그러나 일단 휘말려 들었다면 상대가 경계할 때까지 하라.

- 윌리엄 셰익스피어 William Shakespeare

살다 보면 누군가와 다툼을 하게 된다. 내가 한발 양보하고 되도록 안 싸우는 게 가장 좋은 선택이지만 부당한 일에는 맞서 싸울 필요도 있다. 또 다툼은 아니지만 찬반토론이나 논쟁에서 논리로써 싸워야 할 일도 종종 있다.

가장 안타까운 순간은 싸운 이후에 찾아온다. 잠을 자려고 누웠는데 '아… 내가 아까 이 말은 꼭 했어야 했는데!' 하고 꼬리에 꼬리를 무는 생각에 결국 이불에 대고 발차기를 한다. 어떻게 하면 싸움에서 차분하게 할 말을 다할 수 있을까? 어떻게 하면 상대를 납득시킬 수 있을까?

첫 번째 방법은 '시간 벌기'다. 분노가 이성을 마비시키는 순간, 조리 있게 말하려 해도 마음처럼 되질 않는다. 분노하지 않겠다고 해서 분노가 사라질 리도 없다. 중요한 건 분노를 마음 한쪽에 안고서도 내가 할 말을 하는 것이다. 그러기 위해서는 일단 시간을 벌어야 한다. 시간을 벌면 내가 할 말을 준비할 수 있을 뿐 아니라 상대의 이야기에서 공격 포인트를 찾아낼 수도 있다. 무조건 말을 많이 쏟아낸다고 싸움에서 이기는 결정적 말을 하는 건 아니다. 기가 막혀서 말이 안 나올 때는 넘어진 김에 쉬어가듯 입을 다물고, 그 시간에 상대가 하는 이야기를 잘 들어야 한다.

상대의 말을 들으면 상대방 이야기 속에서 허점을 발견할 수 있다. 효과적인 한 방, 결정적 펀치는 언제나 상대방의 말 속에 숨어 있다. 상대의 말을 듣고 그 안에서 허점을 찾아내 그것을 반박하는 것이 준비한 말만 일방적으로 하는 것보다 효과적이다. 토론 프로그램을 보면 토론자가 상대편 토론자의 말을 메모까지 하면서 꼼꼼히 들는 걸 볼 수 있다. 상대의 말 속에서 논리적 허점을 찾아내기 위해서다. 허점을 찾아야 공격할 틈도 찾을 수 있다. 상대의 말 속에서 공격 포인트를 탐색하는 동시에 상대를 제압할 힘 있는 말을 준비하는 과정이 바로 시간을 벌며 상대의 이야기를 듣는 행위다.

두 번째 방법은 '1인칭 화법'이다. 보통 말다툼을 할 때 "넌 구제 불능이야!"라는 식으로 2인칭 화법을 쓸 때가 많다. 상대를 판단하고 비난하는 2인칭 화법이 아니라 1인칭 화법을 써야 승률이 높아진다. "나는 이런 기분이 들었어." 하고 '내'가 느낀 것을 말해야 한다. "넌 대체 왜 그러니?" 하고 2인칭으로 공격당하면 상대방은 화만 날 뿐이지만, "난 너의 어떠한 행동에 상처 받았어." 하고 1인칭의 말을 듣게 되면 상대방은 그 사람의 입장을 생각해보게 된다. 부드러운 것이 강한 것을 이긴다는 말처럼 오히려 비폭력적인 방식이 폭력을 이길 수 있는 것이다.

또한 1인칭 화법의 장점은 독설을 않고도 무슨 말이든 다할 수 있다는 것이다. 그냥 내 생각을 말하는 것뿐이니 어떠한 말이든 자유롭게 할 수 있다. "당신은 이렇다."고 하는 2인칭 판단의 말은 언제나 상대의 반발에 부딪히지만, "내가 이렇게 느꼈다."고 하는 1인칭의 말은 단지 내 생각이 이렇다는 것이니 상대가 무슨 말을 할 수 있겠는가. 이 말에는 받아칠 만한 별다른 말이 없다.

　다만 헷갈리지 말아야 할 것이 있다. 상대방의 인격 자체를 판단하지 말라는 의미지, 상대의 말이나 행동에 대해 아예 언급하지 말라는 의미는 아니다. 다시 말해, 시간을 벌어 상대의 말을 경청한 후, "너의 말은 이래." 하고 논리적 허점은 반박하되, 상대의 인격을 판단하는 "너는 이래." 같은 말은 하지 않아야 한다.

　감정만 앞서서는 어떠한 싸움에서도 이길 수 없다.

∫

나의 가치를 높여주는 말

희소한 물건은 비싸다. 희소한 재능은 칭송받는다. 세상의 모든 희소한 것들은 가치 있다. 사람들은 희소한 것을 선망하여 크리스털의 광채를 귀히 여기고 비범한 예술가의 그림을 소장하려 한다. 말도 그렇다. 희소한 말은 기록된다. 희소한 말은 가치 있기 때문이다. 희소한 말은 희소한 지식과 경험에서 나온다. 그러나 사람들은 한정판 운동화를 손에 넣으려고 애쓰는 만큼 희소한 지식을 손에 넣으려는 열망을 불태우지는 않는 것 같다.

인터넷은 양면성을 지니고 있다. 지식과 정보를 널리 보급해주면서도, 어떤 측면에서는 지식을 기성복처럼 표준화하고 흔하게 만들기도 한다. 우리는 검색엔진을 이용해 많은 지식과 정보를 얻는다. 그러나 인터넷 검색엔진은 우리의 지식을 희소성 있고 가치 있게 만들어줄 알고리즘을 가지고 있지는 않다. 검색 리스트 상위에는 대중적인 답이 먼저 모습을 드러낸다. 희소성 있는 지식은 디지털 세계에서 뒤로 밀려난다.

인터넷 검색엔진으로 찾은 정보는 '좋은 정보'라기보다는 '많은 사람들이 원하는 정보'다. 많은 사람들이 원하는 정보가 반드시 고급 정보는 아니다. 설령 검색엔진으로 얻은 정보가 양질의 정보라고 해도, 이미 많은 사람들이 공유하고 있기 때문에 희소성은 떨어진다.

땅콩을 예로 들어보자. A는 땅콩이 중국으로부터 많이 수입된다는 보편적인 지식을 갖고 있다. B는 우리나라의 우도에서 양질의 땅콩이 재배되고 있다는, 사람들에게 덜 알려진 지식을 가지고 있다. 이 두 사람이 '땅콩'이란 주제로 말을 하게 된다면 A보다 B의 말이 더 희소성 있는 이야기가 될 것이다. 누구나 다 알고 있는 말을 하는 것보다 새로운 정보를 주는 것이 듣는 사람들에겐 더 유익하다.

인터넷에 의존하기보다 책을 읽어야 하는 이유가 바로 이 '지식의 희소성' 때문이다. 책 속 지식은 인터넷 바다에 널린 지식보다 덜

보편적이다. 천 명의 사람이 검색엔진에 '땅콩'을 입력하면 천 명이 모두 같은 정보를 얻지만, 천 명의 사람들이 '땅콩'에 대한 책을 각각 구해 읽으면 각각 다른 정보를 얻는다. 책으로 얻은 정보는 인터넷으로 얻은 정보보다 좀 더 개별적인 특성을 지니며 덜 흔하다. 세상에는 검색엔진보다 월등히 많은 수의 책이 있기 때문이다. 아무리 부지런히 책을 읽어도 생을 마감하는 날까지 한 사람이 읽을 수 있는 책의 수는 극히 한정적이다. 책은 고급 지식이자 희귀 지식의 보고인 셈이다. 책을 많이 읽으면 자신만의 독특한 인풋(Input)이 축적되고, 이것은 개성 있는 말로써 아웃풋(Output) 된다. 책을 읽는 일은 지식뿐 아니라, '나'라는 브랜드의 희소성도 높여주는 것이다.

편견에서 벗어나게 하는 말

'이 말을 하면 내가 어떤 사람으로 비춰질까?'

말을 내뱉기 전, 누구나 어느 정도의 자기검열은 한다. 적당한 자기검열은 말의 수위를 조절해 말실수를 줄여주는 순기능을 하지만 지나친 자기검열은 말의 에너지를 떨어뜨린다. 스테이크를 막 구워놓고 행여나 탄 부분이 없는지 요리조리 살피느라 시간을 허비하다가는 차갑게 식어 맛이 없어진다. 막 구워 내놓는 스테이크가 가장 맛있듯 자신이 느끼고 생각하는 것을 그때그때 솔직하게 꺼내놓는 말이 맛있다.

마음에서 나오는 말을 머리로 과도하게 계산하지 않아야 말에 에너지가 실린다. 남들에게 좋은 사람으로 보이고 싶은 마음에 자신이 하고 싶은 표현을 일일이 검열하는 건 당당하지 못한 일이다. 스스로에 대한 확신이 부족하고 자신감이 없다는 방증이다. 어차피 아무리 신중하게 자신의 말을 검토한다고 해도, 내가 의도한 대로 상대가 받아들이는 건 아니다. 사람은 누구나 자신의 입장이나 생각대로 타인의 말을 받아들이기 때문이다. 같은 말을 해도 어떤 사람은 당신의 말을 칭찬으로 받아들이고, 어떤 사람은 모욕으로 받아들일 수 있다. 작가 손을 떠난 소설의 해설은 독자의 몫이듯, 당신 입술을 떠난 말은 청자가 주인이다. 그러니 마음을 비우는 편이 낫다. 받아들이는 사람의 마음까지 계산하려는 건 오만일 수 있다.

연암 박지원의 책에는 이런 이야기가 나온다. 임백호가 막 말을 타려는데 하인이 나서며 말했다.

"나으리! 취하셨습니다요. 가죽신과 나막신을 한 짝씩 신으셨네요."

하인의 말에 백호가 답했다.

"길 오른편에 있는 자는 날더러 가죽신을 신었다 할 것이고, 길 왼편에 있는 자는 날더러 나막신을 신었다 할 것이니, 나와 무슨 상관이란 말이냐?"

결국 당신이 어떤 말을 하든지 사람들은 자신이 처한 입장에서 당신의 말을 받아들일 것이니 어떻게 말해야 더 나을지 자기검열을 하느라 힘 빼는 시간은 무의미할 수 있다. 차라리 자신의 감정을 솔직하게 표현하는 데 충실하자. 임백호처럼 한쪽 발에 가죽신을 한쪽 발에 니막신을 신고도 개의치 않는 털털함, 타인의 시선에 자신을 구겨넣지 않는 자신감은 보기만 해도 호방하지 않은가?

자기검열에는 두 종류가 있다. 하나는 위에서 말했듯 자신의 이미지를 위한 검열, 하나는 타인을 배려하는 마음에서 비롯되는 검열이다. 자신의 이미지를 좋게 하려고 자신의 말을 확인하는 전자의 검열은 당당하지 못하지만, 후자에서 밝힌 타인을 위한 자기검열은 세 번 생각하고 말하는 삼사일언(三思一言)에 가까운 미덕이다. 고 김수환 추기경은 자기 인생의 덕목을 아홉 가지로 정했는데 그중 첫 번째가 말에 대한 것이었다.

"말을 많이 하면 필요 없는 말이 나온다. 양 귀로 많이 들으며 입은 세 번 생각하고 열라."

김 추기경의 말씀은 타인을 위한 자기검열에 가깝다. 그것은 말의 에너지를 소모시키는 검열이 아니라 에너지를 더하는 검열이다.

∫

귀 기울여야 들리는 말

경청이란 누군가에게 마음의 도화지를 한 장 내어주는 일, 정갈하고 순수한 도화지 한 장 그의 손에 쥐어주는 일, 편견이 없는 하얗고 고운 도화지처럼 깨끗한 겸손이 하는 일이다.

경청의 사전적 의미는 '귀를 기울여 들음'이다. 사전에 적힌 뜻풀이는 언제나 2퍼센트 부족한 느낌이다. 사전에 몇 글자를 보탤 수 있다면, 진정한 경청이란 귀 기울여 '편견 없이' 듣는 것이라고 표기하고 싶다. 제대로 된 그림을 그리기 위해서는 아무것도 그려진 것 없는 깨끗한 도화지를 준비해야 한다. 상대방의 이야기를 제대로 듣기 위해서는 내 마음이 편견 없는 하얀 도화지 같아야 한다. 편견 없이 듣고 나서 그 후에 비판을 하는 것은 상관없지만, 이미 자신의 잣대와 틀을 부여잡은 채 상대의 말을 듣고, 말이 끝나기 무섭게 던지는 비판, 즉 진정한 경청 없이 하는 비판은 비겁하다. 경청이란 내 도화지 위에 상대가 빨강, 노랑, 파랑 물감을 써기며 형형색색 그림을 그리도록 가만히 기다려주고 지켜봐주는 겸손과 인내가 아닐까?

《사기》〈이사열전(李斯列傳)〉에 이런 구절이 있다.

태산불양토양泰山不讓土壤

하해불택세류河海不擇細流

태산은 한 줌의 흙도 마다하지 않고, 강과 바다는 작은 물줄기도 가리지 않는다는 뜻이다. 경청의 자세도 이와 같아야 한다. 귀를 기울이고 있다가 내가 듣기 싫은 말이 들려온다고 마음의 셔터를 내려버리는 것은 제대로 경청하는 게 아니다. 이미 도화지에 나의 그림을 잔뜩 그려놓고 그 위에 너의 그림을 그리라고 도화지를 내미는 것은 상대방에 대한 예의가 아니다. 비록 상대의 생각이 내 생각과 반대되더라도 태산의 자세를 갖추고 듣는 게 경청이다.

편견 없이 경청하는 이의 마음은 명화로 가득한 미술관처럼 귀한 그림들로 차곡차곡 채워져 있다. 그림 위에 또 다른 그림이 그려진 뒤죽박죽의 삼류 그림과는 비교할 수 없는 명작들이다. 이런 그림들이 각각의 품격을 고스란히 간직한 채 마음속에 축적돼 있는 사람에게는 경청한 모든 이야기들이 재산이다. 타인의 이야기는 내 이야기의 밑천이 된다.

29

여백이 있는 말

시(詩)의 힘은 여백에서 나온다. 구구절절 설명하지 않음으로써 확보되는 여백. 이 여백 안에서 시를 읽는 이들은 자기만의 내밀한 꿈을 꾸고 자기만 아는 그리움에 사무친다. 시를 에워싼 여백을 읽는 일은 그곳에 비친 자기 자신을 바라보는 일이다. 시인이 여백에 남긴 말은 독자의 우주 안에서 확장하고 폭발한다. 시뿐만이 아니다. 생각할 여지를 주는 영화는 관객의 마음에 긴 여운을 남긴다. 여백이 있는 말은 하나의 예술 작품처럼 아름답다. 여백의 미를 간직한 말은 오래도록 듣는 이의 기억에 남는다. 말의 절제가 의미의 풍성함을 낳는 것이다. 별의 바탕이 어둠이듯 말의 바탕은 '말 없음'이다.

말을 많이 하려는 욕심은 말의 에너지를 떨어뜨린다. 머릿속에 떠오르는 생각들을 하나도 놓치지 않고 다 이야기할수록 말은 힘을 잃는다. 백 줄의 문장을 쓰고 아흔아홉 줄의 문장을 지우는 것이 글을 쓰는 일이라고 했던 어느 작가의 말처럼 말도 마찬가지다. 백 가지 하고 싶은 이야기를 참고 한 가지 이야기만 하는 것이 힘 있는 말이다. 상대에게 여백의 공간을 줘야 한다. 그들이 여백의 공간에서 당신이 던진 말을 이리저리 공처럼 굴려보고 만져보게 허락해야 한다. 말에는 듣는 사람이 마음껏 뛰어놀 여백이 필요하다.

영화 '변호인'을 보고온 두 사람이 발표를 했다.

"오늘 영화 '변호인'을 봤습니다. 벌써 천 만을 돌파했다고 하네요. 영화 속 '부림사건'은 제가 태어나기 전에 있었던 일이었는데 정말 그런 일이 있었나 싶을 정도로 살벌한 분위기였습니다. 또한 이 영화를 통해 1980년대 시대상을 간접적으로나마 본 것도 좋았습니다. 실제로 세무, 부동산 전문 변호사였던 고 노무현 전 대통령이 그 사건을 계기로 인권 변호사로 전향했다고 하더라고요. 역사와 정의에 대해 생각해보는 계기였습니다."

앞서 발표한 A는 생각나는 것을 모조리 말했다. 정보량은 많았지만 여백은 부족했다. B의 이야기가 이어졌다.

"오늘 영화 '변호인'을 봤습니다. 대사 하나가 지금도 머릿속에서 맴돕니다. '세상은 계란으로 바위치기라 하지만 바위는 죽은 거고 계란은 살아 있는 거다. 계란은 언젠가 바위를 뛰어넘을 것이다. 난 절대 포기 안 한다.' 이 대사를 듣고 무엇이든 쉽게 포기하는 제 자신을 돌아봤습니다. 계란은 살아 있으니 더 나은 것이라고, 그래서 포기하지 않겠다고 말하는 주인공을 보며 '계란이 바위와 부딪히는 게 말이 되느냐.'는 사고방식으로 살아온 제가 부끄러워지더군요. 저도 이제 어떤 바위를 만나도 포기하지 않는 삶을 살겠습니다."

B는 영화에 대한 많은 정보를 이야기하는 대신, 인상 깊었던 대사 하나만을 언급해 함께 곱씹어볼 수 있는 여지를 마련했다.

한 번에 너무 많은 이야기를 담지 말 것. 욕심이 날수록 절제할 것. 청중이 당신의 말을 꾸역꾸역 삼키다 못해 결국 뱉어버리는 일을 만들지 않기 위해서는 여백을 줘야 한다. 하나의 글에 하나의 주제, 이건 글이나 말이나 똑같이 적용되는 진리다.

∫

반전을 만드는 말

내겐 오래 알고 지낸 친구 한 명이 있다. 남녀노소 누구와 말을 섞어도 유쾌하게 분위기를 주도하는, 타고난 붙임성을 지닌 남자친구다. 길에서든 클럽에서든 자신이 마음에 든 여성을 놓쳐본 적이 없다는 이른바 백전무패 헌팅 능력의 소유자이기도 하다. (참고로 이 친구는 키도 작고 잘생기지도 않았다.)

'어떻게 하면 면접관의 마음을 사로잡을 수 있을까?'에 대해 친구와 이야기를 나누다가 뜻하지 않게 '헌팅 노하우'를 듣게 됐다.

"일단 나이트의 일반적인 룰을 설명해줄게. 웨이터가 여자 손님 손을 이끌고 남자 손님 방에 들어가. 두 그룹이 어울릴 수 있도록 자리를 마련해주는 거지. 서로 이야기가 통하고 마음에 들면 즐겁게 시간을 보내는 거고, 아니면 여자 손님이 그냥 나오는 거야.

근데 난 나이트에서 이런 놈들 도저히 이해가 안 가. 여성이 들어오자마자 '나이가 이렇게 되세요?' '뭐 좋아하세요?' '술 잘 드세요?' '어떤 일 하세요?' 하면서 질문을 퍼붓는 애들. 자기 딴에는 여성이 불편할까 봐 말을 걸고 호감도 표현하는 건데, 한번 생각해봐. 뻔한 질문에 뻔한 대답. 여자들이 얼마나 지루하겠어? 이런 질문은 전에 들어갔던 방에서도 들었고, 그 전에도 들었을 거란 말이지. 이 방을 나가면 다음 들어가는 방에서 또 들을 거고. 어휴!"

친구의 꿀팁 강연은 계속해서 이어졌다.

"나는 이렇게 해. 일단 여성이 들어오잖아? 다짜고짜 스피드 퀴즈를 시작해. 아무것도 안 물어보고 바로 시작하는 거지. 오자마자 인사도 안 했는데 난데없는 게임을 하니까 처음에는 당황을 해. 근데 금세 게임에 몰입해서 까르르 웃기도 하고 승부욕을 불태우기도 해. '오호라, 이 사람들은 좀 다르네?' 하고 신선해하는 거지. 고로 내 헌팅 철학을 한마디로 정리하자면 '남들과 다르게!' 퀴즈를 하면서 웃기도 하고 몸도 움직이면 금방 어색함이 사라져. 그러면 마음도 빨리 열리거든. 그쯤 되면 이런 저런 대화를 시작해. 일단 마음이 열려야 진솔한 대화가 오가지 않겠어?"

그러면서 친구는 면접도 마찬가지라고 했다. 뻔한 질문이 나와도 뻔하지 않게 답하기! 면접관이 "허허, 저 친구 좀 보게나." 하게끔 만들어야 한다는 말이었다. 한번은 면접을 보러갔는데 친구가 다른 분야 경력밖에 없다는 점을 면접관이 못마땅해했단다. 그래서 열심히 하겠다는 말을 하려다가 너무 식상한 것 같아 친구는 이렇게 대답했다.

"저를 신뢰하실 수 없다면 공증이라도 받겠습니다. 친한 변호사 형이 있는데 그 형에게 제가 최소 1년은 이곳에서 일한다는 공증을 받아오면 어떻겠습니까? 저는 진지한 마음으로 이 회사에 지원했습니다. 한번 찔러보는 사람쯤으로 오해하지 말아주셨으면 좋겠습니다."

면접관은 당황하며 웃었다. 그 대답 때문이었는지는 모르겠지만 어쨌든 친구는 면접에 합격했다.

잘생기지 않은 내 친구가 헌팅의 귀재가 될 수 있었던 비결이 화려한 말발인가 했더니 그게 아니었다. 나이트에서 여자를 유혹할 때든, 면접장에서 면접관을 설득할 때든 뻔뻔함을 무기로 '뻔하지 않은 말'을 하는 것. 이 친구처럼 소통의 백전무패를 위해 교과서는 덮어두고, 나만의 노트를 꺼내볼까 한다.

31

~

나다움을 지키는 말

육하원칙 중에 삶의 방향을 잡아주는 건 언제나 '왜'이다. '왜'라는 질문은 소용돌이처럼 한 사람의 영혼을 헤집어놓고 동시에 성장시킨다. 살아가면서 자기 자신에게 던지는 '왜'라는 질문은 끝내 그 답을 찾지 못하더라도, 그 자체로 자신을 찾아가는 의미 있는 여정이 된다.

'왜'라는 단어는 살면서 자신을 잃어버리지 않기 위해 언제나 챙겨야 할 한 글자다. 인생을 살면서 뭔가 잘못되고 있다는 생각이 들 때면 육하원칙 중 '무엇을'이나 '어떻게'를 제쳐두고 '왜'를 선택해야 한다. 스스로에게 '왜'라고 묻는 순간 잠자고 있던 영혼은 제자리를 찾기 위해 움직이기 시작한다.

직업을 정할 때도 그렇다. '무엇을 할까?' 혹은 '어떻게 그 일을 시작할 수 있을까?'보다 선행되어야 할 질문은 '나는 이 일을 왜 하려는 것인가?'이다. 원하던 직업을 얻고 일을 할 때에도, 내가 이 일을 왜 하고 있는지 설명하지 못한다면 필시 뭔가 잘못된 길을 가고 있는 것이다. 질문에 대한 답이 단지 '돈을 벌기 위해서'로 귀결된다면 그것도 뭔가 잘못된 것이다. 내가 이 일을 왜 하는지 말할 수 없는 사람이 그 일에 열정을 다할 수 있을까?

스스로에게 던지는 것만큼이나 타인에게 던지는 '왜'에도 큰 힘이 깃들어 있다. 스티브 잡스는 애플 내 매킨토시 개발팀을 독려하기 위해 이렇게 말했다.

"우리는 우주에 흔적을 남기기 위해 여기에 있습니다."

1983년에 펩시콜라 미주 본사 사장 존 스컬리(John Scully)를 영입하며 잡스가 한 말 또한 인상깊다.

"남은 일생을 설탕물을 팔면서 살 것인가, 아니면 나와 함께 세상을 변화시킬 것인가."

그는 '왜' 이 일을 해야 하는지에 대해 끊임없이 직원들에게 질문을 던졌던 셈이다. 잡스가 던진 '왜'라는 질문이 없었다면 매킨토시 개발은 단순한 기술개발 그 이상도 이하도 아닌 게 됐을지 모른다.

하지만 '왜'라는 물음이 있었기에, 닐 암스트롱(Neil Armstrong)이 달에 처음으로 남긴 발자국처럼 의미 있는 흔적이 될 수 있었다.

'잘' 살아간다는 건 자신의 내면을 향해 또 외부를 향해 '왜'라는 질문을 끊임없이 던지는 일이다. '왜'라는 단순한 한 글자는 요술램프 속 잠자고 있는 지니를 깨우는 주문이다. '왜'라는 질문에 머리가 아닌 영혼이 하나의 대답을 꺼내놓을 때, 비로소 제대로 된 길을 찾을 수 있다. 지니는 지금도 당신의 소원을 들어주기 위해 요술램프 속에서 오직 당신의 한마디를 애타게 기다리고 있다.

내면의 힘을 강하게 하는 말

완전히 내 자신 속으로 내려가면… 거기서 나는 검은 거울 위로 몸을 숙이기만 하면

되었다. 그러면 나 자신의 모습이 보였다. 이제 그와 완전히 닮아 있었다. 그와, 내 친

구이자 나의 인도자인 그와.

- 헤르만 헤세Hermann Hesse, 《데미안》

나탈리 골드버그(Natalie Goldberg)의 저서 《뼛속까지 내려가서 써라》

보다 더 좋은 제목의 글쓰기 책을 아직 보지 못했다. 뼛속까지 내려

가서 쓰라니! 그런 글이라면 작가의 영혼이 담기지 않을 수가 없겠

다. 위대한 작가는 이성만으로 글을 쓰지도, 감성만으로 글을 쓰지

도 않는다. 자신의 내면으로 깊이 침잠해 들어가 뼛속까지 다다르면, 거기 있는 자신의 영혼으로 글을 쓴다. 이런 글이라면 시간이 흘러 10년이 지난 후라도 독자의 마음속에서 사라지지 않는다. 어쩌면 영원히 사라지지 않을지도 모른다.

뼛속에서 나오는 말을 하는 사람이 있다. 듣는 이의 영혼을 흔들만큼 힘 있는 말을 하고 있다는 걸 스스로는 잘 모른 채 말이다. 그런 사람들은 아마 혼자만의 시간을 많이 가졌을 것이다. 뼛속에서 나오는 말은 뼛속까지 자주 내려가 본 사람이어야 가능하다. 그리고 뼛속까지 내려가는 일은 혼자 있을 때만 가능하다. 혼자 있는 건 자기 자신을 향해 걷는 일이다.

나는 자기 자신과 가장 친한 사람과 친해지고 싶다. 어쩐지 그런 사람의 매력은 거부할 수가 없다. 그런 사람은 나 또한 나 자신과 친해질 수 있도록 도와주는 것 같다. 자기 자신과 농밀한 시간을 나눌 때 사람은 '나다움'을 찾는다. 말을 하는 이유는 결국 나다움을 세상에 표현하기 위해서이고, 나다움을 위해서는 혼자 있는 시간을 많이 확보해야 한다. 그 시간 속에서 내면의 힘이 생기고 나다운 말이 잉태된다.

그렇다면 혼자만의 시간에 무엇을 해야 할까. 이것은 중요한 문제다. 혼자 있는 시간에 스마트폰으로 친구들과 대화를 나누는 건 혼자 있는 게 아니다. 혼자만의 시간을 확보하는 행운을 얻었다면 그 시간이 헛되지 않게 자신의 내면과 만날 수 있는 활동을 해야 한다. 책을 읽거나 글을 쓰는 일, 그러다 잠시 눈을 감고 생각에 잠기는 일, 음악을 듣다가 눈물을 흘리는 일, 가만히 공상에 빠지는 일, 그림을 그리는 일, 책상을 정리하다가 문득 지난날들의 나를 돌아보는 일, 낯선 여행지에서 등이 굽은 나무를 가만히 바라보는 일 그리고 꿈꾸는 일. 최대한 고독해지는 그 시간들 속에서 우리의 영혼은 힘을 얻고 우리의 생각은 창의성을 얻는다.

33

운을 끌어오는 자기 확신의 말

사람들 앞에서 말을 잘하려면 뻔뻔해져야 한다. 사람과 사람 사이 대화는 두 사람의 기(氣)가 만나는 일이다. 뻔뻔해야 상대방의 기에 눌리지 않고 자신의 생각을 말할 수 있다. 백 명의 사람을 앞에 두고 이야기한다는 것은 나 혼자 백 명을 상대로 싸우는 일과 같다. 한 사람이 백 명의 사람을 이겨야 하는 게 발표이고 이것은 발표자가 가진 에너지에 달렸다. 내용만 좋아서는 기 싸움에서 이길 수 없다. 내면의 힘을 가져야 한다.

힘 있는 내면은 신념과 자기 확신의 바탕이다. 어떤 사람들은 너무 착한 탓인지 "이건 아닐 수도 있지만요." "이건 제 생각이지만요."와 같은 사족을 붙이기 좋아한다. 수학이나 과학처럼 정답이 정해진 발표가 아니라면 사족을 붙이는 건 자기 확신이 부족해서 나오는 말에 지나지 않는다. 인생에 정답은 없다. 당신이 어떤 말을 해도 당신의 말은 틀리지 않다. 내면의 힘을 갖추고 자신 있게 말하는 습관을 갖는 것이 좋다.

특히 많은 사람들 앞에서 말할 때는 내 말이 옳다는 믿음을 가지고 밀어붙일 필요가 있다. 어쩌면 청중들은 당신에게 설득당할 준비가 되어 있다. 특히 당신의 생각을 말할 수 있도록 보장된 프레젠테이션 같은 자리라면, 청중 역시 당신의 확신 있는 말을 기다리고 있다. 당신의 강한 신념의 말이 불화살처럼 자신의 가슴에 날아와 꽂히길 기다리고 있는 사람들 앞에서 지나친 겸손은 불만족만 줄 뿐이다.

자기 확신에는 절제와 과감함의 균형이 필요하다. 확신이 서지 않는 말을 어설프게 하느니 차라리 절제하는 게 낫다. 또한 자신이 확신할 수 있는 말이라면 상대가 아무리 권력자라 해도 눈치 보지 않고 과감하게 말할 줄 알아야 한다.

다만 주의할 것이 있다. 자기 확신에 앞서 자신을 객관화시켜 바라보는 작업은 반드시 필요하다. 객관화 과정을 통해 끊임없이 독단과 인식의 왜곡을 경계해야 한다.

$\big\}$

익숙한 것들을 낯설게 하는 말

내게 있어 세상은 상식에 대한 도전이다.

– 르네 마그리트René Magritte

"그들은 친숙한 사물엔 주목하지 않는다."

러시아의 문학가 빅토르 시클롭스키(Viktor Borisovich Shklovski)가 한 말이다. 시클롭스키를 중심으로 한 러시아 형식주의자들은 '낯설게 하기(Defamilarization)'라는 문학용어를 처음 사용했다. 이들에 따르면 문학의 목적은 관습에 무디어지는 것을 경계하고 대상을 친숙하지 않게 만드는 것, 그러한 낯설게 하기를 통해 지각의 과정을 더욱 어렵고 오래 걸리게 하는 것이다. 낯설게 하기는 '이상하게 만들기(make strange)'의 일종으로 문학뿐 아니라 예술 기법으로 두루 쓰이는 용어다. 독자는 낯설게 하기 과정을 통해 너무 친숙한 나머지 보지 못하고 지나쳤던 삶의 진실들을 새롭게 대면하게 된다.

화가 르네 마그리트(René Magritte)는 '낯설게 하기'를 그림에 표현했다. 르네 마그리트의 전시를 보고 받았던 충격이 아직도 생생하다. 전시장을 나오자 눈에 보이는 익숙했던 모든 것들이 이상하게 느껴졌다. 묘한 기분이었다. 고정관념이 깨지면서 뇌가 말랑말랑해진 것 같았다. 이십 대 초반에 본 마그리트 전시는 나의 창의성과 상상력을 북돋았다. "내게 있어 세상은 상식에 대한 도전이다."라는 마그리트의 말은 세상을 좀 더 상식 바깥에서 체험할 수 있도록 나를 이끌어주었다.

말 역시 '상식에 대한 도전'이 될 수 있다. 듣는 사람으로 하여금 '낯선 느낌'을 받게 해 뇌를 유연하게 하고 상상력을 자극하는 말은 관성에서 벗어나게 해준다.

'내가 가장 좋아하는 음식'이라는 주제로 이야기를 나누었다. 한 청년이 꽃게탕을 좋아한다면서 꽃게탕이 만들어지는 과정을 상세히 이야기했다. 꽃게를 사러 수산시장으로 출발하는 것에서부터 홍정을 하는 과정, 집에 돌아와 꽃게를 손질하고 조리하는 일 그리고 끝내 꽃게탕의 시원한 국물이 입으로 들어오기까지의 과정을 하나하나 이야기했다. 그런데 그의 말을 듣고 있자니 문득 꽃게탕이 낯설고 새롭게 느껴졌다. 어떤 사물을 집중해서 뚫어져라 보고 있으면 갑자기 낯설게 보이거나, 어떤 단어를 반복해서 말하다 보면 그 단어가 이상하게 느껴지는 기분과 비슷했다.

김훈의《라면을 끓이며》를 읽을 때도 비슷한 느낌을 받았다.

"파는 라면 국물에 천연의 단맛과 청량감을 불어넣어 주고, 그 맛을 면에 스미게 한다. 파가 우러난 국물은 달고도 쌉쌀하다. 파는 라면 맛의 공업적 질감을 순화시킨다. (중략) 파가 우러난 국물에 달걀이 스며들면 파의 서늘한 청량감이 달걀의 부드러움과 섞여서, 라면은 인간 가까이 다가와 덜 쓸쓸하게 먹을 만하고 견딜 만한 음식이 된다."

흔히 먹는 라면도 이렇게 자세히 들여다보고 하나의 세계를 여행하듯 천천히 탐구하면 새롭게 발견되는 점이 많다. 이처럼 익숙한 주변의 것들을 상세히 설명하거나 묘사하는 말은 '낯설게 하기' 효과를 가져다준다.

꽃게탕이나 라면처럼 아주 일상적이고 익숙한 작은 것을 하나 골라 그것에 대해 A4 용지 한 장 가득 써보자. 혹은 5분 동안 이야기해 보자. 이렇게 자세히 관찰함으로써 '낯설게 하기' 훈련을 하면 주변에 보이는 모든 것들을 자신만의 시각으로 예리하게 관찰할 수 있는 능력을 갖게 된다. 이런 능력은 참신한 말하기의 기본기가 된다.

거대담론보다 이렇게 일상에서 끌어올린 이야기가 듣는 이에게는 더 흥미로울 수 있다. 행복이나 성공 같은 관념적인 것에 대한 이야기보다 '교통카드'나 '옷걸이' 같은 일상적인 소재가 더 재미있는 이유는, 익숙한 것에서 발견하는 새로움이 더 강한 인상을 주기 때문이다. 더군다나 일상적인 것을 낯설게 하여 그 안에 메시지를 담아내는 말은 그것을 듣는 사람으로 하여금 짜릿함을 느끼게 한다. 마치 르네 마그리트의 그림을 보고 감탄하듯 말이다. "그들은 친숙한 사물엔 주목하지 않는다."라는 시클롭스키의 말처럼 사람들은 너무 친숙하고 식상한 이야기에 매력을 느끼지 못한다. 말을 잘하는 사람, 글을 잘 쓰는 사람일수록 어린아이도 쉽게 받아들일 수 있는 익숙한 소재를 이용해 그 안에 웅숭깊은 진리를 담아낸다.

낯설게 하기를 통해 고정관념이 무너지고 상식이 파괴되는 지점. 좋은 것의 나쁜 면이 드러나고 나쁜 것의 좋은 면이 드러나는 지점. 이러한 지점들을 지날 때마다 우리는 주위를 둘러싼 익숙한 세상과 하나씩 결별한다. 동시에 세상을 바라보는 신선하고 재기 넘치는 통찰을 얻는다. 평소에 당연하게 여겼던 것들을 의심하고, 상식을 삐딱하게 바라보고, 앞면만 바라봤던 사물을 뒤집어서 살펴보자. 이런 습관은 창의적인 시선을 갖게 한다. 가령 게으름, 좌절, 어리석음, 욕심, 슬픔, 소심함의 좋은 점을 찾아보고, 반대로 성공, 기쁨, 사랑, 솔직함, 자신감, 똑똑함의 나쁜 점을 찾아보자. 익숙한 세상의 이상한 앨리스가 되어보는 거다.

∫

생각의 지배자가 되는 말

옛사람의 발자취를 좇지 말고, 옛사람이 좇던 것을 좇아라.

– 마쓰오 바쇼松尾芭蕉

나는 버섯을 좋아한다. 어느 날은 버섯을 먹다가 이런 생각이 들었다. '나는 정말 버섯을 좋아하는 걸까? 아니면 버섯이 몸에 좋다는 말을 들은 순간부터 버섯이 좋아지기 시작한 걸까?' 나는 커피를 좋아한다. 어느 날은 커피를 마시다가 이런 생각이 들었다. '나는 정말 커피를 좋아하는 걸까? 아니면 커피를 들고 다니는 거리의 사람들이 멋있어 보여서 그때부터 커피가 맛있게 느껴진 걸까?'

이런 가정을 해본다. 만약 버섯이 몸에 좋지 않다고 듣고 자랐어도 과연 순수한 마음으로 불량식품 즐기듯 버섯을 먹었을까? 만약 커피 마시는 일이 십전대보탕을 즐기는 일처럼 올드하게 여겨지는 시대에 살았어도, 지금처럼 매일 커피를 마셨을까?

우리는 세상의 관념에 길들여져 있다. 우리는 태초의 인간이 아니며, 이미 만들어져 있는 사회 속에 태어난 후속의 존재들이기 때문이다. 나를 둘러싼 세상은 기성품(旣成品)이다. 나의 생각과 취향, 행동양식은 나를 둘러싼 기성사회로부터 끊임없이 영향을 받고 있다. 즉, 기성관념이 매일 내게 주입되고 있는 것이다. 기성복을 입는 것에 익숙해져 있듯이 우리는 이미 형성돼 있는 사회의 관념을 받아들이는 데 익숙해져 있다. 오래된 생각과 모두의 생각이라면 의심 없이 받아들이고 또 그게 내 생각이라고 착각하며 살기도 한다.

기성관념을 의심해야 한다. 기성복이 아닌 나만의 맞춤복을 만들어 입어야 한다. '사회 속의 내'가 아닌 '태초의 나'를 발견해야 한다. 내가 진짜 버섯을 좋아하고 커피를 좋아하는 사람인지 하나하나 재확인해야 한다. 온전한 나 자신으로 거듭나야 한다. 그러기 위해 우리가 가장 먼저 해야 할 일은 기성복을 벗어던지는 일이다. 그리고 손이 많이 가더라도 직접 입을 옷을 한 땀 한 땀 만들어야 한다.

세상의 상식, 권위자들의 말, 오래된 철학, 존경하는 선생님의 가르침. 이것들이 당연하게 느껴지더라도 내 힘으로 다시 생각해보기 전에는 진짜 내 생각이 아니다. 기성관념에 무조건 순응하는 대신 스스로 생각하고 의심하는 작업을 시작해야 한다. 세상으로부터 주입되는 생각들은 스스로의 검수 작업을 거쳐야만 진짜 내 생각이 된다. 예를 들어, 독서가 개인의 성장에 도움이 되는 건 상식처럼 여겨지지만 책을 읽는 게 정말 좋은지, 좋다면 왜 좋은지 스스로 생각해봐야 한다. 이렇게 독서에 대해 스스로 생각하는 과정을 거칠 때 비로소 내 인생의 독서는 질적으로 다른 차원에 들어서게 된다. 자발적이고 주체적으로 나를 성장시키는 진정한 독서가 시작되는 것이다.

50대 후반의 한 남성이 그에 관해 자신의 경험을 들려줬다.

어머니가 돌아가신 후 아버지와도 생이별을 하여 홀로 남겨진 그는 초등학교를 겨우 졸업한 뒤 도저히 중학교에 진학할 형편이 아니었다. 기술이라도 배워야겠다는 생각만 하며 허송세월하던 중 동네 형이 자신에게 진지하게 한마디를 건넸다.

"공부에는 때가 없다."

이 말은 그의 인생을 완전히 바꿔놓았다. 공부할 시기는 이제 다 지나가버렸다고 포기하고 있던 그는 형의 말에 깜짝 놀랐다. 공부에는 때가 있다는 고정관념이 무너지는 순간이었다. 운명처럼 다가온 이 말을 붙잡고 공부에 매달렸고 그는 결국 검정고시로 중학교와 고등학교를 졸업할 수 있었다. 남들보다 정확히 5년 늦은 나이였다. 그는 후에 국가시험에 합격해 현재 법원에서 일하고 있다.

기성관념을 버린 말은 한 사람의 인생을 바꿀 만큼 힘이 세다. 형은 '학업의 시기'에 대해 당시 사회에 만연한 관념을 따르지 않고 '학업은 늦게 시작해도 상관없다.'는 자신만의 생각을 가지고 있던 사람이었다. 그때 형의 말은 쉰 살이 넘은 그에게 아직도 나침반 같은 역할을 하고 있다. '공부에는 때가 없다.'는 말을 잊지 않고 있었기 때문에 용기 내어 모임에도 나올 수 있었다고 고백했다.

기성관념을 벗는다는 건 무조건 기존의 관념을 거부하거나 반대한다는 의미가 아니다. 기성관념을 수동적으로 받아들이는 대신 스스로의 힘으로 생각해본 다음 받아들이거나 거부하라는 의미다. 예를 들어 '심청은 효녀다.'라는 기성관념이 있다면 '심청은 정말 효녀일까?' 하고 스스로 물어야 한다. 세상 사람들은 심청이 효녀라고 하지만 눈먼 아버지를 살리겠다고 목숨을 버린 게 과연 현명한 선택이었을까? 오히려 살아서 아버지 곁을 지키며 보살펴드리는 것이 진정 효가 아니었을까? 심봉사가 눈을 뜬다고 한들 가장 보고 싶었던 딸이 자신 때문에 이미 죽고 없는데 행복하게 살 수 있을까? 과연 《심청전》은 교훈적인 이야기일까? 스스로에게 이런 질문들을 던지는 것이 바로 기성관념을 허무는 과정이다.

심청이의 선택에 이의를 제기하고, 베짱이의 라이프스타일을 옹호하고, 흥부의 염치없음을 비판하는 것. 이렇게 이미 형성돼 있는 관념을 자신의 관점을 토대로 검수하는 능력은 어떻게 키울 수 있을까? 가장 좋은 방법은 고전을 읽는 것이라고 생각한다. 문학, 역사, 철학 등의 고전을 읽는 일은 세상의 뿌리와 인간의 본질을 향해 점점 파고들어가는 일이다. 이것은 지금까지 당연하게 받아들였던 모든 기성관념과 일일이 부딪치는 과정이기도 하다. 조지 오웰(George Orwell)의 소설 《1984》에서 빅브라더를 의심하기 시작한 윈스턴처럼, 영화 '트루먼 쇼(The Truman Show)'에서 허상의 세계를 알아채고 그곳을 벗어나는 트루먼처럼, 우리도 자신의 시야를 가리고 있는 장막을 걷어내고 진실을 바라봐야 한다. 고전이 그것을 도울 것이다. 고전은 지금까지 내가 옳다고 믿어왔던 것을 의심하게 하고 트루먼처럼 진짜 세계 안으로 들어가게 해준다. 주체적으로 생각하게 함으로써 말이다. 동의하는 기성관념에 대해선 구체적인 자신의 근거를 마련하게 하고, 동의하지 않는 기성관념에 대해선 그것을 과감히 부수게끔 한다. 비로소 자신의 생각을 갖게 되는 것이다.

36

품격을 잃지 않는 말

사람들은 당신이 한 말과 행동을 잊을 것이다.

그러나 당신이 느끼게 만든 감정은 잊지 않을 것이다.

— 마야 안젤루Maya Angelou

전화벨이 울렸다. 모르는 번호였다. 법원인가 검찰인가 하는 곳이라는데 누군가 내 이름을 도용해 은행계좌를 개설했단다. 나는 그래도 상관없다고 했다. 상대는 아무 대꾸도 없이 전화를 끊어버렸다. 단번에 보이스피싱임을 알아챌 만큼 내가 똑똑하다는 이야기를 하려는 게 아니다. 누가 들어도 수화기 너머 남자의 말투는 법원 같은 곳에서 일하는 사람의 것이 아니었다. 사포처럼 거칠었다고 할까? 그냥 딱 사기꾼 목소리였다. 사람 사이의 대화에서 말투가 이토록 큰 비중을 차지하는지 그 전화를 받기 전까진 미처 몰랐다. 만약 그 남자가, 말투에 조금 더 신경을 써서 제대로 연기했다면 아마 내 통장은 진짜 위험해졌을지도 모른다.

말하는 태도나 모양새를 말본새라고 한다. '아 다르고 어 다르다.'라는 오래된 말처럼 말이란 게 미세한 한끝 차이로도 느낌을 크게 다르게 한다. "가방 치워주세요."와 "가방 좀 치워주시겠어요?"는 내용은 같지만 듣는 사람 입장에서 참 다르게 들린다. 같은 말을 해도 꼭 기분 나쁘게 하는 사람이 있다. 이런 사람은 원래 성격이 못됐거나, 아니면 단지 말본새가 거친 사람이다. 전자라면 차라리 그러려니 하고 말지만, 후자라면 더 안타깝다. 아무리 마음이 따뜻하고 지적인 사람이라도 말본새가 섬세하지 못하면 거칠고 교양 없는 사람으로 인식될 수 있다. 단지 말투 때문에 오해를 받는 건 억울한 일 아닌가? 이런 사람들은 말을 섬세하게 세공하지 못하는 서툰 보석공과 같다. 세공 기술을 조그만 익혀도 거친 돌을 빛나는 보석으로 충분히 가공할 수 있다.

말투를 부드럽게 하는 노력은 상대를 배려하는 일이기도 하다. 말의 생산자는 자신이지만 소비자는 상대방이기 때문이다. 이것은 단지 습관의 문제가 아니라 타인을 향한 예의의 문제다. 말본새 다듬는 것을 단지 좋은 이미지를 남기고 오해받지 않기 위한 일 정도로 인식해서는 안 된다. 타인에게 상처를 주지 않고 더불어 따뜻하게 살아가기 위해 마땅히 갖추어야 할 덕목이라고 생각해야 한다. 말본새를 부드럽게 하는 건 마치 위험한 도구의 끝을 갈아서 둥글게 만드는 일과 같다. 말의 내용은 지식으로 채울 수 있지만 말투는 인격 그 자체다. 인격이 훌륭한 사람이 거칠고 날카롭게 말하는 것은 상상하기 힘들다.

말본새가 예쁘게 다듬어진 말은 포물선 모양으로 던져진 공과 같다. 야구공을 던질 때 직구로 내리 꽂으면 상대가 다칠 수 있지만 살짝 위로 던져 포물선을 만들면 상대가 안전하게 공을 받을 수 있다. 특히 말끝을 신경 써야 한다. 공을 내팽개치듯 툭툭 던져진 말은 타인을 불쾌하게 할 수 있다.

말투를 바꾸는 가장 빠른 방법은 뭐니 뭐니 해도 '모방'이다. 내가 사투리를 고칠 때 효과를 봤던 방법이기도 하다. 나는 드라마 속 인물의 말을 녹음해서 반복해서 듣고 따라했다. 영어 듣기 훈련을 할 때와 똑같이 말이다. 언어에 있어서 역시 모방만큼 확실한 건 없었다. 하루에 한 시간씩 한강을 걸으며 노래 대신 대사를 녹음한 파일을 들었더니 금세 '서울 여자' 소리를 들을 수 있었다. 말투를 바꾸고 싶다면 원하는 말투를 녹음해서 똑같이 따라해보길 권한다.

말투를 부드럽게 다듬는 '기본'을 갖췄다면, 다음 단계는 말에 감정을 싣는 훈련이다. 어떤 말을 해도 형식적으로 들리고 진심이 느껴지지 않는다면, 그건 말에 감정이 실리지 않았기 때문이다. 감정표현에 인색한 사람들의 말이 대체로 이렇다. 평소에 감정을 적극적으로 표현하지 않고 애교도 없는 편인 사람들이다. 나 역시 그런 편인데, 가끔 어떤 말을 진심으로 해놓고도 '방금 내 말이 진심이 아닌 것처럼 들렸을 거야.'라는 생각이 든다. 이런 사람들은 연극 대본을 읽으면 도움이 될 것이다. 그냥 읽는 게 아니라 감정을 충만하게 실어서 연기를 해야 한다. 실제로 연기자 지망생이 아님에도 감정표현력을 기르기 위해 연기학원에 다니는 사람들이 꽤 있다. 말도 하나의 음성 예술이라면 감정이 풍부하게 담긴 말이 더 아름다운 건 두말할 것도 없다. 감정이 실린 말은 아름다운 색감의 그림처럼 삶을 컬러풀하게 만들어줄 것이다.

$\big\}$

나를 죽이는 말

험담은 세 사람을 해친다. 말하는 자, 험담하는 자, 듣는 자.

- 《미드라쉬 midrash》

"귀에 대고 하는 말은 듣지를 말고, 절대 남에게 말하지 말라고 하며
할 얘기라면 하지를 말 일이오. 남이 알까 염려하면서 어찌 말을 하
고 어찌 듣는단 말이오. 이미 말을 해놓고 다시금 경계한다면 이는
사람을 의심하는 것인데, 사람을 의심하면서 말하는 것은 어리석은
일이라 하겠소."

연암 박지원의 말이다. 험담은 듣지도 하지도 말라는 충고다. 하지

만 말처럼 쉽지가 않다. 돌아보니 나도 험담을 제법 하고 살았다. 처음 도마 위에 생선을 올려놓을 때는 살짝궁 '때찌.'만 해야지 하다가, 어느새 회를 뜨고 있는 자신을 발견한다.

"쉿, 아무한테도 말하지 말고 너만 알아야 해."

이런 무용지물 같은 멘트는 필수였다. 아무한테도 이야기하지 않길 바라면서도, 또 한편으로는 그의 사악함을 널리 알려줬으면 싶은 양가적 감정이 일어나는 걸 스스로 느낀다. 그래도 빼놓기엔 영 찝찝한 멘트다.

험담을 하는 순간에는 "그래 이 맛이야!" 싶을 만큼 속이 시원하다. 그런데 속 시원한 그만큼의 찌꺼기를 안아야 한다는 것이 험담의 치명적 단점이다. 험담을 하면 일단 스스로에게 찌꺼기가 남고 듣는 사람에게도 찌꺼기를 안기게 된다. 스스로에게 남는 찌꺼기란, 험담이 나쁜 짓이란 걸 먼저 알고 있는 내 양심이 내는 소음이다. 듣는 이에게 주는 찌꺼기란, 말하지 말라고 했는데 말하고 싶은 내면의 갈등과 이 사람이 다른 곳에 가서 내 험담도 할 수 있겠다는 불안함이다. 결국 험담은 이익과 손실을 저울질했을 때 손실 쪽으로 기울어질 수밖에 없는 밑지는 장사인 셈이다. 큰 그릇의 사람이 되어 험담을 일절 안 하고 살고 싶지만 그릇이 작아 힘들 때면 나는 차라리 이렇게 되뇐다.

"저 사람 험담을 하는 내 시간이 아깝다!"

험담을 하다 보면 독설이 나오기 마련이다. 뒤에서 하는 험담이 아니라도 우리는 대놓고 독설을 할 때도 있다. 독설은 꿀벌의 침과 같다. 꿀벌은 침을 쏘면 침과 함께 내장이 딸려 나와 죽는다. 적의 공격을 방어하여 스스로 살기 위해 침을 쏘는 건데 쏘는 즉시 자신도 죽는다니… 신이 꿀벌을 만들 때 무슨 심오한 메시지를 담으려 한 게 아닌가도 싶을 정도다. 순간의 화를 참지 못하고 해서는 안 될 독설(독침)을 쏘고 나면 인간으로서 지니고 있었어야 할 품위(내장) 같은 게 빠져나가는 느낌이 든다. 독침이 우리 몸속에 있을 때는 아무도 해치지 않는 물질이지만 입을 통해 몸 밖으로 나가는 순간 상대도 해치고 자신도 해치는 무기가 된다.

분노의 감정이 일어나면 독침에 강렬하게 에너지가 모이면서 속에 지니고 있기 불편해진다. 이 불편한 느낌을 못 참고 분출해버리지만 꼭 쏘고 나면 '1+1' 상품처럼 따라오는 건 후회다. 군자처럼 너그러워져 독설을 안 하고 살고 싶지만 그게 내 맘대로 안 될 땐 차라리 이렇게 되뇌어보자.

"저 사람에게 독설하는 내 입이 아프다!"

생기를 담아내는 비유의 말

누군가를 사랑하는 마음이 지극해지면 사랑한다는 말로는 부족한 지경에 이른다. 그럴 때 우리는 사랑한다는 말을 더 이상 쓰지 않게 된다. 그 대신 사랑 노래를 부르고 시를 짓고 그보다 더 아득한 마음일 때는 차라리 침묵한다. 어떤 날은 한 방울의 눈물을 떨어뜨리기도 한다. 감정이 넘칠 때, 그 넘치는 감정을 담을 수 있는 건 어쩌면 '정확한' 언어가 아닐지도 모른다. 그럴 때 은유가 필요하다.

독일의 철학자 마르틴 하이데거(Martin Heidegger)는 말했다.

"예술의 본질은 시 짓기다. 그렇다면 건축 예술과 회화 예술, 그리고 음악 예술은 시로 환원되어야 한다."

그렇다면 우리의 일상적인 말도 예술처럼 귀한 것이 될 때, 시로 환원되지 않을까?

우리의 말이 아름다운 시로 승화되기 위해 필요한 건 무엇일까? 그것은 비유다. 설명은 아무리 자세할지라도 감정을 담아내기엔 역부족이지만 비유는 그렇지 않다. 비유의 사전적 의미는 '어떤 현상이나 사물을 직접 설명하지 아니하고 다른 비슷한 현상이나 사물에 빗대어서 설명하는 일'이다. 비유에는 '사과 같은 내 얼굴'과 같은 직유와 '당신의 눈은 호수'와 같은 은유 등이 있다. 직유는 '같이' '처럼' '듯이' 등을 사용하는 직접적인 수사법이지만, 은유는 이런 단어들 없이 하는 암시적 수사법이다. 말을 할 때 비유, 그중에서도 직유보다는 은유를 사용하면 시처럼 예술적으로 말할 수 있다.

프랑스의 철학자 폴 리쾨르(Paul Ricoeur)는 은유란 "같지 않은 것을 같은 것으로 보는 것"이라고 말했다. 이를테면 "책상은 나무 테이블이다(a=a)."라고 말하는 대신, "책상은 조리대다(a=b)."라고 말하는 것이다. 책상과 조리대처럼 '같지 않은 것'을 '같은 것'으로 놓게 되면 본질을 꿰뚫는 생각을 담아낼 수 있다.

"책상은 조리대입니다. 공부와 요리는 공통점이 많기 때문이죠. 둘 다 정성을 다해야 좋은 결과물이 나오며, 아무리 교과서(레시피)

를 보고 노력해도 응용력이 없으면 2퍼센트 부족한 결과를 얻는다는 공통점이 있습니다."

이렇듯 은유의 조건은 유사성과 비유사성을 동시에 지녀야 한다는 것이다. 책상과 조리대는 무언가를 작업하기 위한 사물이라는 유사성을 지니지만, 동시에 책상은 공부를 위한 가구이고 조리대는 요리를 위한 가구라는 비유사성을 지닌다. 단, 표현하려는 사물과 인용하려는 사물을 너무 비슷한 사물로 결부시키면 효과가 감소한다는 점을 유의해야 한다.

누군가 내게 "당신의 미소는 부서지는 햇살입니다."라고 말해준다면 진부한 일상에 한 방울 생기가 돌 것 같다. 내 앞에 새삼 멋진 세상이 펼쳐질 것만 같다. 이런 은유를 쓰는 사람이라면 함께 차 한 잔을 나누고 싶다. 이제부터 설명보다는 은유로 말해보려 한다. 일상의 시인이 되어보려 한다. 폴 리쾨르는 또 이렇게 말했다.

"은유는 일상 언어에서 드러나는 것과 다른 현실의 장을 발견하고 열어 밝혀주는 데 기여한다."

이 얼마나 매력적인 말인가!

39

$\wr$

분위기를 살리는 말

같은 말이라도 재미있게 살리는 사람이 있고 재미없게 죽이는 사람이 있다. 재미있게 말하는 사람은 대화체를 직접 인용하여 음성 연출을 한다. 반면 재미없게 말하는 사람은 대부분 구구절절한 설명으로 말하길 좋아한다. 우리가 세상이란 무대 위에 선 연극배우라면, 말을 잘한다는 건 연기를 잘한다는 것과 같지 않을까. 적어도 '발연기'는 하지 않기 위해 무대에 선 배우처럼 감정을 표현해야 한다. 연기를 한다고 생각하고 말을 하면 대화체를 사용하지 않을 수 없다.

에피소드를 이야기할 때, 재미있게 말하는 사람은 연기를 하듯 당시의 상황을 대화체로 재연할 것이다.

"며칠 전에 내가 서울역에서 표를 사면서 뭐라고 말했는지 아니? '무궁화로 가는 부산 열차 한 장 주세요.' 그랬더니 이 젊은 남자 직원이 정색하고 이렇게 말하는 거야. '손님, 무궁화로 가는 부산 열차는 없고요. 부산 가는 무궁화 열차는 있습니다.'"

하지만 재미없게 말하는 사람은 재연이 아닌 설명을 할 것이다. "얼마 전에 서울역에서 능글맞고 재미있는 직원을 만났어. 내가 말실수를 했는데 그걸 똑같이 따라하지 뭐야?"

이런 식으로 설명을 해버리면 김빠진 사이다처럼 이야기의 신선함이 살지 않는다.

'자신이 좋아하는 노래'에 관해 이야기를 나눈 적이 있다. 첫 번째 발표자는 이렇게 말했다.

"저는 이적의 노래 '다행이다'를 좋아합니다. 첫 소절이 '그대를 만나고 그대의 머릿결을 만질 수가 있어서'로 시작합니다. 저 또한 살면서 행복하다고 느낄 때는 소소한 일상이 다행스럽고 감사하게 느껴질 때입니다."

이어 두 번째 발표자는 나오자마자 다짜고짜 노래를 불렀다. 그런 후 그 노래에 대한 사연을 설명했다. 두 번째 발표자의 쇼맨십에 청중은 완전히 매료됐다.

이렇듯 대화체를 활용한 음성 연출은 쇼맨십의 일종이다. 사실 자신감과 용기 없이는 어려운 일이기도 하다. 하지만 사람들 앞에서 말하는 것을 연극무대 위의 연기라고 생각하면 쉬워질 것이다. 연기자라면 본래 자신의 성격이 어떻든 일단 무대에 섰을 때만큼은 배역에 몰입해 혼신의 연기를 해야 하지 않겠는가? 직접 인용이 필요한 순간을 잘 포착해, 음성 연출을 잘 살려 명연기를 펼친다면 재미있게 말하는 사람이 될 수 있다.

$\int$

웃기고 울리는 말

웃지 않으면 도(道)라고 할 수 없다.

진리는 사람을 웃게 하면서 생각하도록 하는 것이다.

사람을 웃게 하는 것일수록 진리를 담고 있고 도에 가깝다.

- 노자 老子

누군가와 대화를 나누고 난 뒤 가장 뿌듯할 때는 상대를 한 번이라
도 웃게 했을 때다. 많은 사람들 앞에서 이야기를 할 때도, 준비한 내
용을 잘 말하고 들어왔을 때보다는 사람들을 웃게 했을 때 잘된 발
표라는 생각이 들었다. 시간이 지날수록 좋은 말은 '웃음'을 이끌어

낸다는 사실을 절감한다. 코미디처럼 빵 터지는 웃음보다는 자신의 생각을 전달하는 과정에서 간간이 기분 좋은 웃음을 동반하는, 그런 이야기꾼이 되고 싶다. 말을 떠나서, 내가 걷고자 하는 인생의 모습도 결국 즐거움이고 웃음이 있는 삶 아니었던가?

'웃프다.'라는 말이 있다. 웃긴데 슬프다는 의미다. 웃음과 섞인 슬픔은 그저 슬프기만 한 것보다 더 애잔하다. 위화(余華)의 《허삼관 매혈기》나 로맹 가리(Romain Gary)의 《자기 앞의 생》이란 작품은 대표적인 웃픈 소설이다. 주인공들이 하는 짓이 워낙 어수룩하고 순진해서 내내 웃게 되는데, 읽으면 읽을수록 진한 연민이 느껴진다. 그들에게서 느껴지는 이런 페이소스는 책장을 덮고 나면, 인생에 대한 어떤 깨달음으로 탈바꿈되어 다가온다. 두 소설이 뛰어난 이유는 이렇듯 슬픔이 묻은 메시지를 슬픔 그 자체로만 풀어내지 않고 웃음 속에 담아냈기 때문이다.

노자는 사람을 웃게 하는 것일수록 진리를 담고 있고 도에 가깝다고 말했다. 말을 하다 보면 노자의 말이 옳다는 걸 자주 느낀다. 모임에 종종 참석하는 30대 초반의 대학원생 남성은 평소에 철학적 사유를 즐기는 분이다. 통찰력 있는 내용 자체는 참 좋다. 그런데 문제는 너무 진지하고 재미없다는 것이다. 따분한 교수님의 강의 같다고 할까? 반면 비슷한 또래의 여행을 좋아하는 한 남성은 말하는 것마다 웃음 폭탄이다. 계속 키득거리다가 이상하게 다 듣고 나면 수첩을 꺼내게 만든다. 이 남자는 틀에 박히는 걸 질색하는 스타일인 만큼, 절대 진지하게 이야기하지 않는다. 그런데도 희한하게 이야기 속에 깊은 메시지를 잘도 담아낸다.

한번은 '젊음'이 대화 주제였다. 진지한 대학원생은 말했다.

"젊음이란 어느 특정한 기간을 말하는 게 아니라 마음의 상태를 말합니다."

꽤 감동 있는 발표였다. 하지만 더 감동이 있었던 건 여행을 좋아하는 남성의 발표였다. 그는 멋진 말 하나 않고, 조금은 실없게 웃었지만 진한 울림을 전달했다.

"젊어서 몸 챙긴다고 술 절제해, 좋은 직장 구한다고 여행 미뤄, 돈 아낀다고 외모 안 꾸며, 서로 호감이 있으면서도 결혼 상대자로 조건이 안 맞는다고 사랑 안 해… 이 모든 짓들은 또라이들이나 하는 짓입니다. 여러분! 젊음이 얼마나 눈부신 때인지, 얼마나 보석 같은 시절인지 지나봐야 정신을 차리지 말입니다! 마음껏 젊은 시절을 즐기고 누리고 사랑하고 웃고 놀아야 해요. 저처럼 만날 술도 퍼마시고 그래야 한다고요."

투박하고 촌스러운 그의 발표에 곳곳에서 웃음이 푹 터져나왔고 이내 뜨거운 박수가 이어졌다. 그의 말을 듣고 있자니 눈부신 젊음의 빛이 파도처럼 밀려오는 것 같았다. 자유로운 영혼을 가진 이 남자의 말은 진리와 웃음이 함께 버무려져 있어서 더욱 인상 깊었다.

어떤 말을 듣고 웃는다는 건 '감정'이 움직였다는 의미다. 어떤 말이 상대의 마음에 깊이 가닿기 위해선 이성을 넘어서, 그의 감정까지 움직여야 한다. 그렇게 했을 때 진리 또한 깊이 있게 전해진다. 그래서 무언가를 배우기 위한 가장 좋은 방법은 감정적으로 먼저 '느끼는' 것일 테다. 그렇기 때문에 우리는 소설을 읽으며 삶을 배운다. 웃음과 울음. 이렇게 뜨거운 감정을 통과한 진리야말로 진정 마음 깊이 새겨진다. 부드러운 것은 강한 것을 이기고, 웃음은 진지함을 이긴다. 가장 완성도 높은 말이란 짜임새가 좋은 말이 아니라 상대방을 웃게 만드는 말이다.

적재적소의 말

"저 사람은 옷을 참 잘 입어."

어떤 사람에게 이 말을 할까. 명품 옷을 입은 사람? 유행하는 옷을 입은 사람? 흐트러짐 없는 옷매무새를 갖춘 사람? 이 모든 것을 갖추고도 절대 옷 잘 입는다는 소리를 들을 수 없는 사람이 있다. 이를테면 결혼식에 트레이닝복을 입고 가는 사람, 장례식장에 빨간색 후드티를 입고 가는 사람이다. 그 옷이 아무리 한정판 명품이라고 해도 그들에게 옷을 잘 입는다고 말하기는 힘들 것이다.

T.P.O를 지키는 건 패션의 기본이다. T.P.O란 Time(시간), Place(장소), Occasion(경우 또는 상황)의 약자이다. 패션업계에서 쓰

는 마케팅 용어이지만 때와 장소, 경우에 맞는 차림새 등을 칭하는 말로 넓게 쓰인다.

그럼 "저 사람은 말을 참 잘해." 같은 말은 어떤 사람에게 할 수 있을까? 마찬가지로 말의 T.P.O를 지키는 사람이다. 때에 맞게, 장소를 가려가며, 상황을 파악해가며 말하는 사람은 기본적으로 말을 잘하는 사람이다. 물론 T.P.O에 맞게 말한다고 모두 달변가라고 할 순 없지만, 분명한 건 달변가라고 해도 T.P.O에 안 맞는 말을 하면 절대로 말을 잘한다고 할 수 없다. 이건 화술의 문제라기보다 센스의 문제다. 아무리 말을 잘해도 눈치가 없으면 꽝이란 말이다. 남의 발언시간을 빼앗으면서 길게 말하는 사람, 발언 종료 시간이 한참 지나서 모두 몸을 꼬고 있는데도 말을 끝낼 줄 모르는 사람 등. 꼭 필요한 말이면 해야겠지만 청중들이 마음속으로 "도대체 언제 끝나?" 하고 외치게 만든다면 아무리 말을 잘한다고 해도 소용없다. 아래의 T.P.O를 지키는 건 말의 기본을 지키는 일이다.

Time(시간): 시기나 시간대를 고려할 것

Place(장소): 장소와 만나는 상대를 고려할 것

Occasion(상황): 상황이나 경우, 자신의 역할을 고려할 것

연암 박지원도 T.P.O를 중요시했다. 정민의《비슷한 것은 가짜다》에 실린 박지원의 말이다.

"자네도 생각해보게. 수박이야 달고 시원한 것이지만, 겉만 핥고 있어서야 그 맛을 어찌 알 수 있겠나? 후추를 통째로 삼킬진대 그 맵고 톡 쏘는 맛을 무슨 수로 느낄 수 있겠나? 제아무리 맛있는 것이라도 먹는 방법을 알아야 한단 말일세. 이와 마찬가지로 제아무리 좋은 것도 적재적소에 놓일 때라야 가치가 있는 것이 아니겠는가. 이웃 사람의 담비 갖옷이 제아무리 좋기로서니, 한여름에 그것을 빌려 입는다면 따뜻하기는커녕 온몸에 땀띠만 날 것이 아닌가? 옛사람의 글이 제아무리 좋다 해도, 지금 여기에 맞지 않는다면 그것은 읽는 이에게 공연한 괴로움만 안겨줄 뿐일 걸세."

말을 유려하게는 못하더라도 적어도 한여름에 담비 갖옷 입는 소리는 하지 말아야 할 것 아닌가.

~

살아 있는 말

스피치 모임에 참석한 사람들과 종종 근황에 대해 이야기 나눈다. 최근 자신에게 있었던 일에 대해 말하는 시간이다. 가족끼리 주말여행을 다녀온 이야기, 재미있게 읽은 책 이야기, 오는 길에 지하철에서 목격한 싸움 이야기 등 어떤 것을 말해도 상관없다. 일단 일주일 동안 나를 스쳐간 크고 작은 이야기들 중 무엇을 말할 것인지를 고르는 게 첫 번째 '선택'이다.

하지만 첫 번째 선택은 그리 중요하지 않다. 그보다 중요한 것은 두 번째 선택이다. 지금부터 이야기하고자 하는 것은 두 번째 선택에 관한 것이다.

'사건 VS. 생각'

둘 중 무엇에 대해 말할 것인가? 이것이 바로 두 번째 선택이다. 일단 첫 번째 선택에서 '지리산 등산 이야기'를 하기로 했다면, 다음 선택으로 지리산에 간 '사건' 자체를 말할 것인지 아니면 지리산 등산을 통해 얻은 '생각'에 대해 말할 것인지를 선택해야 한다. 보통 사람들은 사건과 생각을 섞어 말하는데, 전반적으로 사건에 대한 이야기를 더 비중 있게 말한다. 하지만 사건보다는 생각에 대해 말하는 것이 고급 말하기라고 할 수 있다.

A는 등산 경험을 시간 순서에 따라 '사건' 위주로 말했다.

"저는 지난 주말에 처음으로 혼자 산에 갔습니다. 지리산이었는데요. 주말이라 그런지 아침에 고속도로가 제법 막히더라고요. 산은 해가 빨리 지니까 너무 늦게 도착하면 어쩌나 걱정했는데 다행히 계획했던 시간에 도착해서 산행을 시작했습니다. 지리산은 처음이라 미리 검색을 해서 구룡계곡 코스를 선택했던 터였습니다. 오랜만에 하는 산행이라 힘들더라고요. 올라갈 때는 이런 저런 생각을 하면서 마음을 정리하는 시간을 가졌습니다. 마침내 구룡폭포에 도착해서 시원하게 떨어지는 물줄기를 보니 스트레스가 확 풀리는 느낌이었습니다. 내려와서 마신 막걸리 한잔도 정말 끝내줬고요. 요즘처럼 날씨 좋은 때 여러분도 지리산 한번 다녀오시길 추천합니다."

B는 사건이 아니라 '생각'을 중심으로 이야기를 풀어갔다.

"저는 스트레스를 푸는 저만의 방법을 얼마 전에야 찾았습니다. 지난 주말에 지리산으로 '나 홀로 등산'을 갔는데요. 회사에서 단체로 등산을 간 적은 있지만 제가 자진해서, 그것도 혼자서 산에 간 것은 이번이 처음이었습니다. 이렇게 안 하던 짓을 하게 된 계기가 있다면, 사실 제가 근래에 회사일로 스트레스를 많이 받아서 좀 힘들었습니다. 이직에 대한 고민도 컸고요. 자신과의 대화가 간절했습니다. 산을 오르면서 처음 입사 통보를 받았을 때의 벅찼던 마음, 신입연수 시절에 가졌던 꿈들이 머릿속을 한꺼번에 스쳐 지나갔습니다. 그리고 제가 초심을 잃고 매 순간 불평만 하고 있었단 걸 알게 됐어요. 이런 생각을 하다가 구룡폭포에 딱 도착했는데, 정말이지 폭포수와 함께 못난 제 자신도 홀홀 털어버리는 기분이었습니다. 지금까지는 영화를 보거나 잠을 자면서 스트레스를 풀었는데 이제야 제대로 된 스트레스 푸는 방법을 찾은 것 같습니다."

두 사람은 '두 번째 선택'에서 갈렸다. A처럼 사건 위주로 말하면 마치 뉴스 같은 정보 전달식 이야기가 된다. 하지만 B처럼 생각 위주로 이야기를 하면 메시지가 있는 스토리텔링이 된다. B는 지리산 등산을 소재로 삼아 '스트레스 해소법, 즉 나 홀로 등산하기'라는 상세한 주제로 이야기를 심화시켰다. 그는 지리산에 왜 갔는지, 그 이유에 대해 먼저 이야기했다. 육하원칙 '누가, 언제, 어디서, 무엇을, 어떻게, 왜' 중에서 가장 중요한 것은 '왜'이다. 왜 혼자서 산행을 하게 됐는지 말한 덕분에 그는 자신의 고민과 생각을 자연스럽게 풀어낼 수 있었다.

있었던 '일'에 대해서만 말하지 말고, 그 일을 경험한 '나'에 대해서 이야기해야 한다. 이야기 속에 '자신'이 담기도록 생각 위주로 이야기를 편집한다면 감동과 메시지가 있는 말을 할 수 있다.

43

~

선택이 쉬워지는 말

인간에게 모든 것을 빼앗아갈 수 있어도 단 한 가지, 마지막 남은 인간의 자유, 주어진

환경에서 자신의 태도를 결정하고 자기 자신의 길을 선택할 수 있는 자유만은 빼앗아

갈 수 없다.

‒ 빅터 프랭클Viktor Frankl

시나몬롤을 먹을까 소보로빵을 먹을까. 그녀에게 안개꽃을 줄까 장
미꽃을 줄까. 우리는 이런 일상적인 선택들과 살을 부비며 살아가고
있다. 때론 비장한 선택들과 마주할 때도 있다. 이를테면 아우슈비
츠에 갇힌 사람들의 최후의 선택. 그들 중 어떤 사람은 이곳에서 죽

는다는 생각을 선택했고, 어떤 사람은 반드시 살아서 나간다는 생각을 선택했다.

이렇듯 선택은 시나몬롤처럼 소소한 것에도, 수용소처럼 무거운 곳에도 존재한다. 어디에 존재하는 선택이든, 선택의 주인은 언제나 우리 자신이다. 빅터 프랭클(Viktor Frankl)의 말처럼 우리 인간에게 주어진 마지막 자유는 우리의 태도를 선택할 수 있는 자유다. 상황은 바꿀 수 없을지라도 나의 생각과 말과 태도에 대한 선택은 자유다. 오직 나만의 것이다. 그러므로 어느 누구도 나로부터 선택의 자유를 빼앗을 수 없다. '어떤 생각을 갖느냐.' '어떤 마음을 먹느냐.' 하는 선택은 인간에게 주어진 마지막 희망이자 자존심이다.

말을 한다는 건 매 순간 선택을 하는 일이다. 그러니 말이란 마지막까지 남은 우리의 자유다. 어떤 말을 선택하는 것은 때로는 시나몬롤을 집어 드는 일처럼 편안한 것이지만 때로는 비장한 일이기도 하다. 중요한 선택의 기로에서 섰을 때 우리는 어떤 말을 선택해야 할지 더욱 망설이고 고민하게 된다.

우리의 매 순간은 말(선택)로 가득 차 있다. 내가 입 밖으로 뱉는 이것은 '말'인가, '선택'인가? 분명한 한 가지는 우리가 입 밖으로 내뱉는 이것은 우리의 마지막 자유이며 희망이란 사실이다.

{

밀고 당기는 말

예술에도 옳고 그름이 있다면, 옳은 예술에는 리듬이 있다. 나에게 옳았던 예술은 모두 고유한 리듬이 있었고 그 리듬이 나를 등에 태우고 무아지경 속으로 끌고 들어갔다. 어떤 영화가 좋았다면 그 영화는 분명한 리듬으로 나를 들썩거리게 한 작품이었다. 어떤 영화가 별로였다면 그 영화는 어떠한 리듬도, 호흡도, 장단도 느껴지지 않는 모범생 같은 박자를 타고 있었다.

좋은 글에도 리듬이 있다. 그런 글을 읽을 땐 나도 모르게 고개가 흔들거린다. 마치 야생마에 올라탄 기분이다. 진리의 초원 위를 신나게 달리는 건 말과 하나 되는 짜릿함이며 말로 표현하기 힘든 짜릿함이다. 어떤 글 속에 리듬이 있다면 설령 그 내용이 어렵다고 해도 술술 잘 읽힌다.

언제부터인가 글을 쓸 때 피아노 연주를 듣기 시작했다. 피아노의 리듬을 빌리기 위해서다. 피아노의 리듬 위로 올라타는 순간 나의 생각과 손끝도 자연스럽게 리듬을 갖는다. 노트북의 타자를 치는 손의 모양이 꼭 피아노 건반을 두드리는 것처럼 될 때, 그때가 바로 무아지경에 빠지는 순간이다. 그때가 바로 글 속에 리듬이 실리는 순간이다. 한 문장은 길게 썼다가 바로 다음 문장은 짧게 그리고 다음 문장은 다시 길게 쓰는 것. 긴 문장과 긴 문장을 연이어 잇다가 긴장감이 한껏 고조됐을 때 극도로 짧은 문장 하나를 던지는 것. 랩이나 시처럼 한 문장 안에 리듬을 만들어 운율을 살리는 것. 또는 글의 내용적인 측면에서 내부로부터 어떠한 변화와 흐름을 만드는 것. 이 모든 게 '글의 리듬'을 만드는 과정이다.

좋은 말에도 리듬이 있다. 좋은 글의 리듬과 다르지 않다. 머릿속에서 사유들이 빠르게 몰아치면 빠른 리듬의 록처럼 거침없이 말하게 된다. 반면 머릿속의 생각들이 나른한 몸짓으로 공상에 빠질 때면 잔잔한 클래식처럼 나긋하게 말하게 된다. 말이 하나의 예술이 되려면 리듬이 있어야 한다. 하지만 이 리듬을 상세히 설명할 도리는 없다. 리듬을 타는 것은 스스로 깨쳐야 하는 일이지 누가 가르쳐 줄 수 없기 때문이다. 리듬을 타는 것은 자신의 느낌이 하는 일이고, 느낌이라는 건 단순히 연습만으로 얻어지는 것도 아니다. 말의 리듬을 만드는 획일화된 방법론은 없으며, 어떠한 리듬을 탈 것인가도 순전히 자신의 성향과 선택에 달렸다.

피아니스트가 연주에 자신의 혼을 담아 몰입함으로써 무아지경에 도달할 때, 피아니스트는 이런 몰입 속에서 고유한 자신만의 리듬을 탄생시킨다. 피아노 연주 스타일 중에 '래그타임(ragtime)'이란 게 있다. 당김음을 많이 사용해 밀고 당기는 재미를 만들어내는 재즈적인 기법이다. 누군가 내게 "당신의 말에 있는 고유한 리듬은 무엇입니까?"라고 묻는다면 래그타임이라고 대답하고 싶다. 틀에 얽매이지 않는 자유로움으로 듣는 사람에게 생명력을 느끼게 하는 그런 래그타임 리듬으로 말하는 사람이고 싶다.

∫

지혜가 되는 말

문제를 해결하는 힘은 새로운 정보를 얻는 데서 나오는 것이 아니라

오래전부터 알고 있었던 것을 정리하는 데서 나온다.

- 루트비히 비트겐슈타인 Ludwig Josef Johann Wittgenstein

외우는 전화번호가 점점 줄어간다. 스마트폰을 가지게 되면서 점점 더 외우는 일에서 멀어지고 있다. 외장하드(스마트폰)가 이렇게나 믿음직스럽고 넉넉하니 굳이 내장하드(머릿속)에 정보나 지식을 힘겹게 저장할 필요가 없긴 하다.

하지만 어떤 지식은 외워야 유용하다. 사소한 지식이야 외장하드

에 저장하는 게 더 효율적이지만 사유의 씨앗이 될 만한 핵심 지식들은 내장하드에 담아야만 진정 내 것이 된다. 외움으로써 지식은 지혜로 숙성된다. 요즘 같은 시대에 외우는 일의 필요성에 대해 의문을 가지는 이들이 많겠지만 무언가를 외우는 일은 무조건 많은 지식을 접하는 일보다 어쩌면 더 창조적인 활동이다. 외워서 머릿속에 자리 잡은 지식은 머릿속의 다른 지식들과 상호작용을 일으키고 시간과 함께 삭으면서 나만의 개성이 묻은 지식, 지혜가 된다.

최고의 지식경영가로 불렸던 다산 정약용은 유배생활 18년 동안 후세를 이끌 수백 권의 책을 썼다. 이렇게 엄청난 양의 책을 쓸 수 있었던 비결은 정약용이 단순히 지식을 많이 수집하는 데 그치지 않고 지식을 효과적으로 정리·분류·요약하여 자신의 것으로 재정비했기 때문이다. 그는 독서카드와 같은 자신만의 지식정리 시스템을 마련했고, 간추린 핵심을 필요에 따라 외웠다고 한다. 외장하드와 내장하드를 적절하게 활용한 셈이다. 스마트폰 시대를 사는 우리는 다산이 그랬던 것처럼 방대한 외장하드의 지식을 자신의 가치 기준에 맞게 선별하고 그중 일부를 암기하여 내면화해야 한다. 지식을 어떻게 '경영'할 것인가는 무작정 쌓는 일보다 중요하다.

오직 외움으로써 지식은 시간과 함께 숙성되고, 나의 지난 삶의 경험과 만나며 지혜로 무르익는다. 무언가를 외운다는 것은 단순한 암기가 아니라 하나의 문장을 보고 또 보는 반복의 과정에서 드러나는 핵심을 취하는 일이다. 이면에 숨겨진 의미까지 살펴보는 통찰력을 기르는 과정이기도 하다. 처음에 한 번 보고 말 때는 볼 수 없었던 것들도 반복하고 외우는 과정에서 나만의 시각으로 재정비되고 진화한다.

방송인 김제동은 신문이나 책을 보면서 좋은 글귀를 만나면 메모해놓고 외워서 강연이나 방송에서 써먹는다고 한다. 김제동처럼 순발력이 뛰어나고 말을 잘하는 사람도 메모하고 외우는 과정을 거치지 않고서는 그 지식을 적재적소에 자유자재로 써먹을 수 없다. 늘 원고를 미리 준비해두고 그걸 보고 읽을 수 있는 게 아닌 이상, 머릿속에 내장된 지식이 있어야만 언제 어디서든 바로 꺼내 말로 버무려낼 수 있다. 그래서 암기가 필요한 것이다. 암기는 오래되고 시대에 뒤떨어진 구닥다리가 아니라, 지식을 내면화시킴으로써 창의성을 발현시키는 유용한 기술이다.

~

간결한 말

재치의 핵심은 간결함이다.

- 윌리엄 셰익스피어William Shakespeare

브래드 피트(Brad Pitt) 주연의 영화 '흐르는 강물처럼(A River Runs Through It)' 초반부에 이런 장면이 나온다. 아버지가 어린 아들에게 글을 써오도록 시키는데 아들이 열심히 글을 써오면 아버지는 제대로 읽지도 않고선 "반으로 줄여 와!" 하고 돌려보낸다. 이 장면이 몇 번이고 되풀이된다. 두 장을 한 장으로 줄여오면 한 장을 다시 1/2장으로 줄여오게 하고, 1/2장으로 줄여오면 또 다시 한 문장으로 다시

요약하라고 아들을 돌려보낸다. 아버지는 왜 그렇게 한 것일까? 아들에게 무엇을 알려주고 싶었던 걸까?

그것은 바로 '간결함' 속에 진리가 있다는 교훈이다. 군더더기를 걷어내고 오직 알맹이만 남겼을 때 그 속에 담기는 진리를 아들에게 보여주고 싶었던 것이다.

간결함은 무조건 '짧은 것'을 의미하는 게 아니다. 간결함은 '추려진 핵심'이다. 그러므로 간결함이란 결코 쉽게 도달할 수 있는 만만한 산이 아니다. 복잡해지는 것보다 어려운 것이 간결해지는 일이다. 1998년 5월, 미국 경제지 〈비즈니스위크〉에 실린 스티브 잡스의 인터뷰의 한 부분이다.

"나의 만트라(주문) 중 하나는 집중과 단순함이다. 단순함은 복잡함보다 더 어렵다. 생각을 단순하고 명료하게 하려면 열심히 노력해야 한다. 한번 그러한 단계에 도달하면 산도 움직일 수 있다."

유머에서도 간결함은 첫 번째 조건이다. 원래 재미있는 이야기인데 내가 하면 재미가 없어진다고 말하는 사람은 간결하지 못해서 그럴 가능성이 크다. 재치의 핵심은 간결함이라고 셰익스피어도 말했다. 재치 있는 사람은 절대 구구절절 설명을 늘어놓지 않는다. 이야기가 길게 늘어지기 전에 화살을 쏘듯 날렵하게 웃음 포인트를 날린다. 몸체가 너무 긴 화살은 날아가면서 휘청거려 과녁에 닿기도 전에 방향을 잃고 만다. 짧은 화살은 날렵하다.

유머뿐만 아니라 어떤 말이든 간결한 것이 좋다고 생각한다. 간결하면서도 건조하지 않은 말, 간결하면서도 뜨거운 말로 가득 찬 세상은 아름다울 것이다. 말이 간결하다는 것은 무작정 말수를 줄이는 게 아니라, 한마디를 해도 군더더기 없이 진실하게 하는 것이다. 그러기 위해서는 영화 '흐르는 강물처럼'의 어린 아들이 그러했듯 핵심을 추려내는 노력이 필요하다. 간결하게 핵심이 추려진 말은 타인에게 상처를 주는 말, 진실을 가리는 말, 품위를 손상시키는 말들이 걸러지고 남은 알맹이다. 그래서 간결한 말은 언제나 옳다.

또한 간결한 말은 옳고도 따뜻하다. 간결함은 내 말을 줄임으로써 확보한 시간에 타인의 말을 듣겠다는 의지다. 이것은 상대를 향한 따뜻한 배려다. 대부분의 사람들은 듣는 것보다 말하는 것을 더 좋아한다는 것. 따라서 간결하게 말한다는 것은 본성을 극복하고 타인을 먼저 생각하는 아름다운 일이라는 것이다.

훌륭한 문장은 짧지만 부족함이 없고 강렬함을 지닌다. 군더더기 없이 밀도 있는 언어로 글을 지으면 간결하면서도 건조하지 않고 뜨거울 수 있다. 그렇게 글을 쓰는 일은 쉽지 않다. 짧은 문장에 치열하고 밀도 높은 진리를 담기 위해선 사유의 알맹이만 남겨야 하기 때문이다. 알맹이만 남기려면 사유의 밑바닥까지 한없이 들어가는 고된 작업을 거쳐야 하는데 그 일이 쉬울 리가 없다. 가끔 그런 생각을 한다. 나의 말도 간결하면서도 강렬한, 잘 쓰인 문장처럼 생겼으면 좋겠다고. 그러나 그런 '촌철살인'의 말은 글쓰기에서 그러하듯 사유의 밑바닥까지 내려가지 않고선 불가능한 일임을 알고 있기에 더 노력해야 한다는 것도 잘 알고 있다.

절제하는 말하기는 절제하는 삶을 모방한다. 말이란 내면에서 나오고 내면은 삶의 근원이기 때문이다. 절제하는 삶을 사는 사람은 절제하는 말하기를 한다. 정갈한 내면에서 간결한 말이 나오며 정갈한 내면은 이미 절제된 삶의 아름다움을 알고 있다.

~

소소해서 좋은 말

앉아서 대화할 땐 이야기보따리를 술술 잘도 풀어놓으면서 일어나면 입을 꾹 닫아버리는 사람이 있다. 앉아서는 그렇게 사람 마음을 빼앗아놓고, 막상 멍석이 깔리면 입을 다물고 쭈뼛거린다. 멍석을 깔아주면 무언가 특별한 이야기를 해야 한다는 생각. 바로 이 생각이 입을 다물게 만드는 원인이 된다. 사람들은 멍석 위에 서면 평소보다 더 멋진 이야기를 하고 싶어서 이리저리 머리를 굴리다가 결국 거대담론을 찾아 시작하게 된다. 하지만 막상 그 이야기에 자신의 진심을 담아내지 못해 수습이 힘든 상태에 봉착하고 만다.

멍석은 특별한 게 아니다. 일상적이고 시시콜콜한 이야기, 아주 사소한 이야기를 멍석 위에서 해도 된다는 것을 기억하자. 오히려 사소하면 사소할수록, 개인적이면 개인적일수록 그 이야기는 사람들의 귀를 솔깃하게 하고 공감을 끌어낸다.

대화의 주제가 '사랑'인 날이었다. 대부분 연단에 서서 사랑에 대해 관념적인 정의를 내놓았다. "사랑이란 서로 같은 곳을 바라보는 것" "사랑은 상대를 위해서 내가 양보하겠단 마음이 있어야 가능한 일"… 그런데 한 사람만은 달랐다. 연애 한 번 안 해봤을 것 같은 솜털이 보송보송한 고등학생이었다. 이 남학생은 사랑을 설명하거나 정의 내리지 않으면서도 가장 따뜻한 이야기로 마음을 움직였다.

"제가 중학교 2학년 때 좋아했던 여자애가 있었어요. 학원에서 처음에 봤을 때 한눈에 뿅 가서 친해지려고 막 장난도 치고 그랬어요. 매일 그 친구 옆자리에 앉으려고 교실에 들어갈 때까지 몰래 기다렸다가 따라 들어가서 옆에 앉았어요. 1, 2년 그렇게 친하게 지냈는데… 고백은 못했어요. 용기가 안 나서요. 언젠가 정말 멋지게 고백하려고 마음만 먹고 있었어요. 그런데 갑자기 그 여자애가 호주로 이민을 간다는 거예요. 처음에 장난치는 줄 알았어요. 믿고 싶지 않았거든요. 그래서 "야, 뻥치시네." 하면서 속으로는 '설마… 아닐 거야, 장난일 거야.'라고 생각했어요. 그런데 어느 날 정말 가버렸더라고요. 저는 그날 밤 혼자 다음 날 새벽까지 포도주스 한 병을 다 마셨어요. 미성년자라 술은 못 마시거든요. 아직도 그 애가 보고 싶어요. 꼭 다시 만나서 고백하고 싶어요."

남학생은 사랑이란 단어 한 번 꺼내지 않았고, 멋진 표현 하나 쓰지 않았지만 청자들의 반응은 뜨거웠다. 사랑에 대한 정의 내림 대신에 사소하고 개인적인 자신의 이야기를 들려줬을 뿐인데도 말이다. 표현이 세련되지 않았지만 그런 투박한 말들이 오히려 첫사랑의 풋풋함을 느끼게 해주었다. 그날 남학생을 보고 한 가지를 깨달았다. 말이라는 건 멋있게 할 게 아니라 진솔하게 해야 한다는 것. 그냥 자신의 시시콜콜한 이야기를 들려주어도 괜찮다는 것을 알게 됐다. 사람들은 '이렇게 하라, 저렇게 하라.'는 가르침이나 '이건 이렇다, 저건 저렇다.'란 식의 정의를 좋아하지 않는 경우가 많다. 누군가 담담하게 "저는 그랬습니다." 하고 본인의 경험을 이야기할 때 그것에 공감하며 미소짓는다. 개별적이면서도 사소한 이야기가 오히려 공감의 여지를 많이 갖고 있는 것이다.

진부함을 깨뜨리는 말

단원 김홍도의 '백매(白梅)'라는 작품을 직접 본 적이 있다. 매화가지
의 꼬부라짐이 춤을 추는 듯 리듬감으로 출렁거렸다. 그 리듬을 타
고 달빛 아래 은은하게 피어난 매화의 향기가 코끝에 맺혔다. 미술
관에서 이 그림을 처음 보았을 때 다른 시간과 다른 세상에 던져진
것 같은 감동에 사로잡혔다. 단지 그림이 훌륭해서가 아니었다. 어
렴풋이 단원의 영혼을 느꼈기 때문이다. 단원의 영혼을 시각적으로
표현하면 꼭 이 매화처럼 생겼을 거란 생각이 들었다. 균형미와 파
격미가 동시에 느껴지는 이 매화 그림처럼 말이다. 단원의 그림은
오래 들여다보아도 지루하지 않다. 그 이유는 전체적으로 느껴지는

균형미와 그 속에 한 방울 떨어져 있는 파격미 때문이다. 이것이 단원의 그림, 단원의 정신이다.

균형미는 우리에게 안정감을 주지만 그것뿐일 때는 생명력이 느껴지지 않는다. 2퍼센트의 파격이 있어야 한다. 질서만 있고 변화가 없는 작품에는 인간미가 없다. 우리의 영혼도 마찬가지로 균형과 질서만 있고 변화와 파격이 없다면 매너리즘에 빠지고 말 것이다.

하지만 막무가내의 파격은 파격이 아니다. 파격이란 '격을 깨뜨리는 것'이니 먼저 격이 있고 나서 파격도 가능한 것이다. 완벽하게 균형 잡힌 난초를 먼저 그리고 나서 마지막에 화룡점정으로 난초 잎 하나를 일탈시키는 멋이야말로 '파격미'라 할 수 있다.

어떤 이는 얌전한 난초처럼 말한다. 흠 하나 없는 완벽한 논리와 말투로. 하지만 완벽함과 감동은 늘 일치하는 것이 아니어서 이런 말은 오히려 지루할 때가 많다. 한 가닥 빠져나온 난의 잎 같은 파격미가 더해진다면 그의 말은 한결 역동성을 가질 것이다. 논리적으로 이야기를 하다가도 마음속에서 솟구치는 감정을 전할 때는 오로지 직관에만 의존한 한마디를 던지는 것, 이것이 파격미다.

유머 역시 파격이다. 촘촘한 질서로 짜인 무채색의 카펫에 아주

작지만 강렬한 붉은 색 문양 하나를 보태는 것. 그리하여 시각적으로 지루하거나 밋밋하지 않은 카펫을 만들어내는 것이 유머다. 다만 유머를 할 때 조심할 것은 파격이란 말이 원래 그러하듯 격이 먼저여야 한다는 것이다. 조리 있고 질서 있는 말의 틀이 먼저 갖춰지고, 그런 다음 그 귀퉁이 하나를 깨부수는 것이 좋은 유머다. 시종일관 웃음을 유도하려고 애쓴다면 그것은 무조건 깨부수고 보자는 것 이상도 이하도 아닐 것이다.

영혼이 느껴지는 말, 매력이 넘쳐흐르는 말이란 완벽하게 짜인 말이 아니라 98퍼센트의 진지함을 바탕으로 2퍼센트의 엉뚱함이 더해진 말이다. 균형미 위에 적절한 파격미가 얹어진 말은 단원의 매화처럼 낭만적이다.

~

일상이 여행이 되는 말

스피치 모임에 참석하신 중년의 한 남성과 여행에 관한 이야기를 나눴다. 그분이 이렇게 말했다.

"여행하는 건 참 좋지요. 저도 안 가본 나라가 없을 정도로 많은 곳을 여행했고요. 하지만 꼭 먼 데로 여행을 떠나고 다른 나라를 다니는 것만이 여행은 아니라고 생각해요. 옛 철학자 중 누군가는 일생 동안 여행을 하지 않았대요. 먼 곳으로 여행할 필요성을 못 느꼈기 때문이죠. 왜냐면 자기는 매일매일 일상에서 여행을 했으니까요. 매일 집 근처로 산책을 하면서 어제와 다른 오늘의 들꽃, 하늘, 나뭇가지, 참새… 주변의 변화를 가만히 음미하면서 '이렇게도 날마다 새로운데!'라고 말했다지요. 저도 요즘은 바빠서이기도 하지만 먼 곳으로 여행을 잘 안 다녀요. 대신 수시로 사진기를 목에 걸고 산책을 해요. 주변을 사진에 담다 보면 무심코 스쳐 지났던 것들이 새로운 의미로 다가오더라고요. 날마다 새로운 기분! 날마다 새로운 세계를 목격하는 기분! 낯선 곳으로 여행할 때와 비슷한 느낌이죠."

여행으로 견문을 넓혀야 한다는 말은 워낙 많이 들어서 의무감마저 들던 참이었다. 그러던 중에 '일상을 여행한다.'는 낯선 말은 내게 신선하고도 매력적으로 다가왔다. 이 분의 말처럼 한 번도 여행을 하지 않았던 철학자가 깊고 넓은 시야로 삶의 진리를 발견해내고 평생 철학을 연구할 수 있었던 것은 일상에도 무언가가 있기 때문이 아닐까? 일상을 관찰하고 거기서 길어 올린 사유도 꽤 쓸 만한 것 아니었을까?

말을 잘하는 사람은 일상을 노래한다. 일상의 이야기로도 충분히 감동을 주고 진리를 담아낸다. 모임에 스무살 된 대학생이 있는데 자신만의 독특한 이야기 스타일을 가지고 있다. 이 친구는 사람들 앞에서 쓸데없어 보이는 이야기를 잘한다. 어떤 날은 근황 말하기 시간에 이런 이야기를 했다.

"어제 학교에서 강의를 들었는데요. 제 양옆으로 우리 과에서 제일 예쁜 여학생 두 명이 앉았어요. 왼쪽에 앉은 아이는 피부가 하얗고 귀엽게 생겨서 보호본능을 일으키고요, 오른쪽에 앉은 아이는 긴 생머리가 예뻐서 만화 속 여주인공 같은 이미지랄까? 아무튼 정말 죽을 뻔했어요. 심장이 두근거려서… 수업 내용이 귀에 안 들어오는 건 당연했고요, 마치 왕이 된 기분이었어요. 수업이고 뭐고, 그냥 그 순간을 누렸죠. 괜히 지적으로 보이려고 볼펜 한번 굴려주고 무슨 말을 받아 적는지도 모르면서 필기하는 척하기도 했어요. 물론 그 애들과 한마디도 못 나눴어요. 그런데 참 신기했어요. 좋아하는 사람이랑 같이 있으면 그렇게 지루하던 수업시간도 아쉬울 정도로 빨리 끝나고, 교수님의 음성이 그렇게 달게 들릴 수가 없더라고요. 그래서 빨리 사랑을 해보고 싶어졌어요. 사랑을 하면 세상이 달라질 것 같아요!"

이 남학생의 이야기는 대중 앞에서 하는 발표 치고는 쓸데없는 이야기다. '어제 수업시간에 미인들 사이에 앉았다.'는 소재로 발표하는 사람을 나는 여태껏 본 적이 없었다. 그런데 또 그 이야기가 그렇게 미소를 짓게 할 줄이야! 남학생의 이야기를 듣고 있으니 '품' 하고 웃음이 새어나오면서 묘하게 마음이 설렜다. 보통 근황 소개를 하면 여행 갔던 이야기, 연극을 본 이야기처럼 일상을 벗어나 경험한 일에 대해 말한다. 하지만 이 남학생을 보면서 일상에서도 가장 일상적인 이야기, 어떻게 보면 쓸데없는 소재로도 충분히 좋은 이야기를 할 수 있다는 것을 알게 됐다.

밥을 먹고 잠을 자고 일을 하고 친구를 만나는… 어쩌면 너무 평범한 일상이라 새로울 것 없는 것들을 이제부터 가만히 관찰해보자. 길을 걸어도 그냥 걷지 않고 '우리 동네 가로수들이 겨울이 됐다고 짚으로 된 옷으로 갈아입었네.' 같은 혼잣말을 구시렁거리며 걸어보는 거다. 매일의 일상에서 새로운 것을 발견하고 더 나아가 일상을 새로운 것으로 만들어본다면 쓸데없는 것에서 가장 쓸모 있는 아름다움을 발견해낼 수 있지 않을까.

50

나쁜 상황에서 벗어나는 말

절망과 고통을 지나며 홀로 베개에 눈물을 적셔본 자만이 별빛이 아름답다는 것을 알

게 됩니다. '내 인생에 왜 이렇게 고통이 많나.'라고 생각하기보다 '고통 많은 내 인생

에도 이런 기쁨이 있구나.'라고 생각한다면 누구의 인생이든 달라집니다.

- 정호승

나는 "하나의 일은 두 개의 해석을 갖는다."라는 말을 믿는다.

내게 일어나는 모든 일은 좋기만 한 일도, 나쁘기만 한 일도 없다.

모든 일은 동전의 양면처럼 언제나 플러스와 마이너스를 함께 갖는

다. 두 개의 해석 중 좋은 해석을 선택하는 것이 내 삶을 사랑하는

방법이란 것 또한 잘 알고 있다.

한 남자가 있다. 남자는 아침에 출근을 하다 돌부리에 넘어져 다리가 부러졌다. 이 일은 누가 봐도 '불행'이다. 남자는 다리를 다치는 바람에 출근을 하지 못하고 집으로 돌아왔다. 집에는 마침 개교기념일이라 학교에 가지 않은 딸아이가 있었다. 남자는 딸아이와 평일 오전의 여유로움을 처음으로 만끽했다. '행복'한 시간이었다. 이렇듯 하나의 사건은 언제나 두 가지 반대되는 해석을 가질 수 있다. 불행과 행복 둘 중 어떤 해석을 선택할지, 둘 중 어떤 단어를 선택할 것인지는 언제나 자신의 몫이다. 돌부리에 걸려 넘어져 다친 걸 '행복'이라고 말하는 것이 언뜻 정신 나간 사람처럼 보이긴 하지만, 멋진 일 아닌가? 아무리 부정적인 사건이라도 그 일로 파생되는 긍정적 측면이 있다는 것을 믿는 사람은 참으로 멋지다!

명백하게 불행으로 보이는 일 앞에서도 동전을 뒤집듯 생각을 뒤집어 긍정을 선택하는 것. 이런 '선택'이야말로 행복과 불행이란 갈림길 앞에서 매 순간 내게 주어지는 '기회'다.

어느 날 사전에서 챌린지(Challenge)란 단어를 보고 소름이 돋았다.
'(사람의 능력이나 기술을 시험하는) 도전[시험대]'

각진 괄호 안에 '시험대'라는 세 글자 때문이었다. 나는 지난날의 힘들었던 모든 시간들을 '도전'이라고 불러왔던가, '시험'이라고 불러왔던가? 스스로 이런 질문을 던지게 됐다. 나는 여태껏 어떤 단어를 선택하고 살아왔던 걸까? 모든 행복과 불행의 선택권은 이미 내 손안에 있었던 사실을 새삼 깨달았다. 도전이라는 단어를 선택함으로써 내 지난 인생을 행복한 기억으로 남길 수도 있고, 시험이라는 단어를 선택함으로써 고난으로 기억할 수도 있었다.

미래뿐 아니라 과거 또한 말하는 대로 된다. 말하는 대로 재구성되는 것이다. "난 번번이 취업에 실패해. 내게 이런 시험은 언제쯤 끝이 날까?"라고 말하지 않고 "난 번번이 취업에 실패해. 이런 끊임없는 도전들이 나를 성장하게 하고 있어."라고 말할 수 있는 사람. 나는 그런 부류의 사람이었을까? 에세이를 읽다가 위로받은 적은 많았지만 사전을 보다가 가슴 뭉클해진 적은 그때가 처음이었다.

스피치 모임을 함께하는 사람들도 두 부류로 나뉜다. '말'이라는 자신의 결점을 해결하기 위해 오는 사람과 '말'이라는 즐거운 도전에 뛰어들기 위해 오는 사람. 두 부류의 사람들은 똑같이 자신이 말을 못한다는 생각을 갖고 있지만 전자는 이것을 없애야 하는 '병'으로 생각하고, 후자는 삶에 활기를 불어넣어 주는 '도전 거리'로 생각한다. 어떤 생각을 선택하고, 어떤 단어를 선택하는가에 따라 이들의 태도는 180도 달라진다. 첫 번째 부류는 대화 트레이닝을 우선 해결해야 할 숙제처럼 여기기 때문에 어느 정도 해결이 되고 나면 더 이상 나타나지 않는다. 하지만 두 번째 부류는 어느 정도 경지에 올라도 취미 삼아 계속 모임에 나오며 사람들과 인연을 이어나간다. 말 연습을 시험이 아닌 도전으로 생각한 부류의 사람들은 훈련을 할수록 자신감을 찾는 자신의 모습을 보며 재미를 느낀다.

스킨 스쿠버나 피아노 연주처럼 신나는 도전도 자신이 '시험'이란 단어를 선택한다면 그건 시험이 된다. 말하는 대로 된다. 말하는 대로 우리의 과거는 그런 형상을 갖는다. 티나 실리그(Tina Seelig)는 이렇게 말했다.

"'실패'를 '데이터'라는 단어로 바꿈으로써, 우리는 우리의 실험의지를 강화할 수 있다. 이것은 대단한 아이디어다."

51

~

공감할 수 있는 말

"아무도 없는 깊은 산속에 거대한 고목나무가 쓰러졌다면 과연 소리가 난 것인가, 나지 않은 것인가?"

선가에서 내려오는 오래된 화두다. 듣는 이가 없는 공간에 울려 퍼진 소리를 소리라고 할 수 있을까?

말은 어떠한가. 아무도 듣는 사람이 없는 당신의 말은 말인가, 말이 아닌가? 당신이 내 이름을 불러줄 때 비로소 꽃이 되듯, 당신이 내 말을 들어줘야 비로소 말이 되는 걸까? 아무도 없는 집에서 혼잣말을 하면서 "나 지금 대화 중이야." "나 지금 발표 중이야."라고 하지 않는 걸 보면 말이란 건 확실히 들어주는 사람이 필요한 쌍방향적인 활동이다.

　그렇다면 말을 한다는 건 스스로의 만족이 중요한 일일까, 청중의 만족이 중요한 일일까? 상황에 따라 다르겠지만 수많은 청중을 상대로 말할 때만큼은 청중의 만족이 중요할 것이다. 화자가 자신이 준비한 내용을 완벽하게 말했어도 듣는 사람이 아무런 감흥을 받지 못했다면 무슨 의미가 있을까? 말이란 건 절대 듣는 사람을 무시할 수 없는 일이다.

　피아니스트 손열음은 자신의 글에 '잘된 연주'에 대한 고민을 털어났다. '안 틀린 연주'가 잘된 연주는 아닌 것 같은데 또 그렇다고 콕 집어 '잘된 연주는 어떤 것이다.'라고 설명하기도 어렵다고 했다. 그녀는 자신의 책《하노버에서 온 음악편지》에서 이렇게 말했다.

　"선생님은 관객이 집에 돌아가서까지 또렷이 기억해 모든 사람과 공감하고 싶은, 그러나 누구에게도 그것이 무엇이었는지 말로는 설명할 길이 없는 단 한 번의 '매지컬 모먼트(Magical moment)'가 있었다면 그 음악회는 성공한 거라 하신다."

　잘된 연주에 대해 이야기하는 이 구절을 뜯어보면 온전히 '청중에게 어떻게 다가갔느냐.'를 기준으로 말하고 있다. 연주가인 '내'가 틀리지 않게 연주했느냐 아니냐는 그리 중요하지 않다는 듯 말이다.

잘되거나, 잘되지 않은 말 역시 청중의 입장에서 마법의 순간이 남았느냐 남지 않았느냐로 판가름할 수 있다. 자신만 감동하고 청중은 감동하지 않는다면, 그건 자아도취 그 이상도 이하도 아니다. 완벽하게 미리 준비하고 연단에 섰어도, 청중의 반응에 따라 이야기의 순서나 분량을 조절해가며 말하는 융통성이 필요하다. 다시 한 번 강조하지만, 중요한 것은 내가 준비한 것을 그대로 말하느냐 아니냐가 아니라, 청중이 내 말을 얼마나 잘 받아들이느냐 하는 것이다. 누군가를 향해 말을 한다는 것은 관객도 함께 참여하는 협연임을 잊어서는 안 된다.

∫

자존감을 지키는 말

담화는 마음의 즐거운 향연이다.

- 호메로스Homeros

철학자 강신주는 한 인터뷰에서 이렇게 말했다.

"강연이 보통 늦게 끝나요. 끝나고 밤 열한 시쯤 집에 들어가면 굉장히 헛헛한 느낌이 들어요. 그냥 막 소처럼 일하다가 쓰러지는 게 가장 슬프잖아요. 그래서 여기 서재에 들어와요. 일단 무조건 들어와서, 글 쓸 게 있으면 보통 새벽 네다섯 시까지 쓰고, 만약에 쓸 게 없거나 피곤하면 음악을, 교향곡을 두 곡 정도 들어요. 그거 들으면 좀 인간답게 해가지고, 들어가 자기도 하고요."

그의 말 마지막 한 구절이 가슴에 콕 박혔다.

"좀 인간답게 해가지고."

인간답게 사는 것. 주어진 제 삶을 살아가는 데 있어 이것보다 중요한 것이 또 있을까? 나는 일에 치이는 날이면 내가 인간이 아닌 소모품처럼 느껴지곤 한다. 그럴 땐 일이 끝나고 내가 하고 싶은 일을 하지 않고는 못 배긴다. 안 그러면 인간 자격을 상실하고 말 것 같은 기분이다. 아무리 피곤해도 영화 한 편을 보거나 친구와 맛있는 음식을 먹는다. 사람들은 이런 것을 '힐링(Healing)'이라고 하는데, 어쩐지 힐링이라는 순하디순한 단어로는 뭔가 부족해 보인다. 나에게 이런 활동은 인간이고자 하는 투쟁이다.

겨울이면 크리스마스트리를 보기 위해 추운 거리로 나서고, 서점에 가서 읽고 싶은 책 한 권 골라드는 일. 우리는 스스로를 '좀 인간답게 해가지고' 인생의 다음 순간을 맞이하기 위해 이런 활동을 하는지도 모르겠다. 특히 그중에서도 나는 말을 하고 말을 듣는 것이야말로 인간이 하는 '가장 인간적인 활동'이라고 생각한다. 카페처럼 온전히 대화를 위해 존재하는 공간에 앉아 누군가와 대화를 나눌 때면, 내가 인간임을 가장 또렷하게 실감한다. 손 앞에 커피 한 잔을 놓고, 또 그 앞엔 내가 좋아하는 사람을 두고 이런저런 이야기를 나눌 때, 세상으로부터 손상된 나의 인간성이 회복된다. 내 마음속의 것과 상대 마음속의 것을 털어내 테이블 위에 한가득 펼쳐놓고 내 것 네 것 할 것 없이 서로 둥글려서 다독거릴 때, 비로소 인간적이 된다.

대화를 하자. 적당히 푹신한 카페 의자도 좋고, 딱딱해서 엉덩이가 배기는 선술집 나무의자도 좋다. 전쟁 같은 하루가 끝난 평일 저녁도 좋고, 아무 긴장 없는 일요일 오후도 좋다. 대화는 사람을 더욱 인간답게 만들어준다. 또한 대화는 인간이 스스로 무언가를 열매 맺게 해준다. 그 옛날 독일의 허름한 카페에서도, 프랑스의 길모퉁이 카페에서도 철학자들은 대화를 나누며 그들의 사상을 숙성시켰다. 지금은 현대식으로 개조된 신촌 '독수리 다방'에서도, 여전히 허름한 제 모습을 간직한 대학로의 '학림 다방'에서도, 이곳의 단골이었던 그 시절 우리의 문인들은 서로 대화를 나누었고 사유의 꽃망울을 터뜨렸다. 그렇게 하여 영원히 죽지 않을 가장 인간다운 시 한 편을 남긴 것이다.

~

솔직하지 않아도 되는 말

라디오 기상리포터로 일할 때였다. 기상리포터는 방송국 내 스튜디오 대신 실시간 기상정보를 가장 빠르게 받을 수 있는 기상청 안에서 방송을 한다. 여덟 개로 나누어진 작은 기상청 라디오실에 각 방송사별로 리포터가 들어가 자체적으로 방송을 한다. 신참이었던 나는 옆 라디오실 선배 리포터들이 어떻게 방송을 하는지 내 방 라디오로 모니터링하곤 했다. 새해 첫날 아침에는 A 선배 리포터의 방송에 주파수를 맞췄다. 마침 DJ가 "기상청 리포터 나와주세요!" 부른 뒤 날씨도 묻기 전에 다짜고짜 질문 하나를 던졌다.

"A 리포터는 새해 소망이 뭐예요?"

짧은 시간 동안 나라면 뭐라고 대답할까 생각했다. 가족의 건강, 연애하기, 돈 많이 벌기, 책 많이 읽기, 효도하기, 살빼기… 뭐 대충 그중 하나를 말했을 것 같다.

하지만 A 선배는 이렇게 대답했다.

"음… 절대 동안?"

그때 난 생각했다. 이것이 베테랑과 초보의 차이구나. 대답이라는 것이, 때에 따라서는 꼭 사실을 정확히 말할 필요는 없는 것이구나. 그 선배 역시 아마 진지한 새해 계획이 있었을 거다. 가족의 건강처럼 간절한, 그러나 말로 했을 땐 그다지 재미는 없고 뻔했을 그런 것. 선배는 소망 리스트의 세 번째쯤에 적었을 '피부 관리'를 '절대 동안'이라고 바꾸어 재치 있게 대답한 것이다. 그 덕분에 청취자에게 작은 웃음을 전달할 수 있었다. 짓궂은 DJ는 선배에게 동안은 힘들 거라며 놀렸고 티격태격 유쾌한 분위기가 되었다.

그 선배의 대답은 일종의 배려였다. 전체적 분위기와 듣는 사람의 기분을 생각하고 대답을 했기 때문이다. 첫 번째 소망인 '가족의 건강'을 말했다면 솔직한 대답이야 됐겠지만 그래서 얻어지는 것은? 진짜 소원은 일출을 보며 빈 것으로 충분하다. 그 상황에서 솔직함보다 중요한 것은 유쾌함이었다. 그녀는 그것을 알고 있었다. 말의 융통성이란, 때에 따라 솔직함을 잠시 내려놓고 첫 번째 소망 대신

세 번째 소망을 말할 줄 아는 센스다.

융통성은 유머를 가능하게 한다. 어떤 순간이든 자신의 생각을 곧이곧대로 말해야 한다고 믿는 고지식한 사람에게는 유머가 끼어들 틈이 없다. 하지만 상대의 반응을 고려하며 전체적인 분위기를 살필 줄 아는 사람에게는 유머가 함께한다. 유머란 대화에서 분위기를 부드럽게 해주는 가장 좋은 도구이며, 상대에 대한 배려이기도 하다. 아무리 좋은 이야기를 듣고 있어도 일정한 시간이 지나면 집중력이 떨어진다. 그럴 때 유머를 활용해 주의를 환기시키고 분위기를 재정비하는 사람은 그 상황에서 진짜 중요한 것이 뭔지 알고 있는 사람이다. 그저 자신이 전하고자 하는 바를 성공적으로 말하는 것까지를 말의 완성이라고 보는 것과, 전하고자 했던 바가 상대에게 잘 받아들여졌는지 확인하는 것까지를 말의 완성이라고 보는 것. 둘 사이엔 큰 차이가 있다.

'아름다움에 대하여'란 주제로 이야기를 나누는데 한 30대 초반의 남성이 말했다.

"지난주에 저는 회사 후배 결혼식에 참석했습니다. 그날 저는 깜짝 놀랐습니다. 부케를 받는 분 얼굴이 너무 못생겨서… 그 결혼식에 대한 좋은 인상이 사라져버렸습니다. 이런 생각이 스쳤습니다. 만약 몇 년 후 내 결혼식에서도 못생긴 여자가 부케를 받으면 어쩌나. 내 결혼식을 망치면 안 될 텐데… 그리고 며칠 후, 회사 지인이 제게 소개팅을 제안했습니다. 저는 기쁘고 설렌 마음으로 누구인지 물었습니다. 그런데 그때 결혼식에서 부케를 받았던 여성이라는 겁니다! 저는 순간 욱해서 그분은 좀 아니지 않느냐고 따졌습니다. 그러자 주선자가 '네가 그럴 때가 아니야. 그 여성분 직업이 학교 선생님이라서 의사나 변호사가 아니면 안 만난대.'라고 말하는 거예요! 저는 그 말을 듣고 열이 확 올랐습니다. 아니, 자신의 얼굴은 보지도 않는 걸까요? 절대 의사나 변호사를 만날 외모가 아닌데 어디서 그런 자신감이 나오나 싶었습니다. 제가 너무 솔직해서 속물처럼 여겨질 수도 있겠지만 남자가 예쁜 여성을 찾는 것은 당연한 일이라고 생각합니다."

이 남자의 발표는 솔직했지만, 그렇다고 인간적으로 느껴지지는 않았다. 오히려 조금 불쾌했다. 못생긴 여자는 능력 있는 남자를 찾으면 안 된다는 말인가? 사실 남자의 직업을 대놓고 따진 그 여성도 지나치리만큼 솔직하고 속물적인 건 피장파장이다. 그때 확실하게 깨달았다. 솔직한 건 좋지만 때에 따라서 그 솔직함을 조절할 필요가 있다는 것. 언제 어디서든 솔직한 것보다는 때에 따라 거짓을 말하는 것이 더 인간적일 수도 있다는 것. 진정한 휴머니스트란 솔직한 사람이기 전에, 타인이 불쾌할 수 있는 부분을 인지하고 솔직함을 조절할 줄 아는 사람이다. '인간적'이라는 말 속에는 '솔직함' 외에 '타인의 마음을 생각하는 배려'도 포함되어 있는 것이다.

다가가기에 좋은 말

미국의 한 회사에서 인턴생활을 했던 친구가 스몰토크(small talk)에 대해 알려준 적이 있다. 스몰토크란 날씨, TV 드라마, 스포츠처럼 일상적인 주제를 놓고 가볍게 대화하는 것으로 일종의 미국 문화다. 물론 우리나라 사람들도 대화를 할 때 본론에 들어가기 앞서 분위기를 풀어주기 위해 소소한 이야기를 나누기도 한다. 하지만 미국 사람들은 차원이 다르게 '쓸데없는' 말을 많이 한단다. 가령 "제임스, 오늘 뭐 타고 왔어?"라는 주제로 10분을 이야기하고 "제임스, 오늘 네가 신은 양말 색깔 예쁘다."로 20분을 이야기하는 식이란다.

친구는 그런 시시콜콜한 대화에 극심한 피로를 느꼈다고 털어놨다. 그렇게 사교성이 좋던 친구가, 스몰토크에 휘말리지 않으려고 사람들을 피해 다녔을 정도였으니 말 다했다. 친구는 특히 이런 점이 싫었단다. 예를 들어 상사가 "오늘 비가 올까?"라고 물어봐서 성심성의껏 기상예보를 읊으려는데 자신의 대답은 듣지도 않고 그냥 휙 가버리더라는 것이다. 질문만 던져놓고 말이다. 처음에는 내가 뭘 잘못했나 싶어 의아했는데 그런 것도 아니었다. 애초에 대답은 원하지도 않았던 것이다. 친구는 당최 이해가 안 됐다. 그 모든 게 말의 공해처럼 느껴졌다.

'대답이 궁금하지도 않으면서 왜 저렇게 껍데기 같은 말들을 늘어놓는 걸까. 미국 사람들은 누구와 함께 있는 동안 잠깐이라도 침묵이 흐르는 걸 못 견디는 걸까? 언제, 어디서, 누구를 만나든 이렇게 끊임없이 쓸데없는 말의 홍수를 만들어야 직성이 풀리는 걸까?'

그러던 어느 날 친구가 정신없이 일하고 있는데 처음 보는 누군가가 또 스몰토크를 걸어왔다. "제임스, 오늘 경기에서 클리블랜드가 이길까?" 이미 스몰토크에 신물이 난 내 친구는 "글쎄, 잘 모르겠어요."라고 성의 없이 답했다. 그러자 상대는 아랑곳하지 않고 "나는 엘에이다저스가 이길 것 같아. 왜냐하면 말이야…." 하면서 또 혼자막 떠들더니 연이어 새로운 질문들을 던졌고, 친구는 계속해서 최소한의 대답만 했다. 친구의 반응이 뜨뜻미지근하자 그 남자는 혼자 떠들다가 돌아갔다. 그가 가고, 친구는 옆에 앉은 동료에게 물었다. "혹시 저 사람 누군지 알아?" 그러자 동료가 놀란 표정으로 답했다. "우리 회사 사장이잖아. 몰랐어?"

그때서야 친구는 알 수 있었다. 미국인들이 왜 그토록 스몰토크에 열심인지. 그들이 스몰토크를 하는 건 서로에게 편안하게 다가가기 위한 하나의 '노력'이었다. 마주칠 때마다 소소한 이야기를 주고받으면서 거리를 좁혀가려는 시도였던 것이다. 사장과 인턴이라는 벽을 넘어서 인간 대 인간으로 살아가는 시시콜콜한 이야기를 나누며 관계를 쌓으려는 의도였다. 상사의 이런 인간적 배려를 내 친구는 몰라도 너무 몰라줬던 것이다. 친구는 그날 사장과의 대화 이후 스몰토크의 가치를 깨달았고, 뒤늦게 스몰토크의 묘미에 빠졌다. 이후 친구는 스몰토크로 현지인 친구들을 많이 사귈 수 있었다.

스몰토크는 말 그대로 잡담이다. "날씨가 참 좋지요?"라고 물으면 "날씨가 좋아서 주말에 어디라도 가야 할까 봐요."라고 맞장구치는 소소하고 일상적인 대화다. 한없이 가벼워보이지만 이런 대화는 서로의 거리를 가까워지도록 도와준다. 서로를 보고도 모르는 척 하는 대신, 엘리베이터에서, 화장실에서, 복사기 앞에서 만날 때마다 스몰토크라도 주고받으며 서로의 존재를 아는 척하는 것. 이것은 타인에 대한 존중이다.

어쩌면 일상의 시시콜콜한 이야기야말로 가장 인간적인 대화가 아닐까? 귀걸이 예쁘다 어디서 샀어? 오늘 하늘이 꾸물꾸물하지? 어제 드라마 정말 스릴 있었는데 봤어? 오늘 회사 식당 밥이 좀 덜 익은 것 같던데 안 그래? 이런 이야기에 일단 "그래." 하고 맞장구치는 것으로 스몰토크에 입문해보면 어떨까? 아무것도 아닌 것 같은 이런 시도가 휴머니즘으로 나아가는 작지만 큰 걸음이 될 수 있다.

∫

운명마저 설득하는 말

《노인과 바다》를 이해하지 못했다. 초등학생 때 세계명작이라고 해서 읽었더니 그냥 할아버지가 바다에서 혼자 고기 잡는 이야기였다. 이틀 밤낮을 걸려 근근이 잡은 고기는 피 냄새를 맡고 달려온 상어들에게 뜯어 먹혀 결실마저도 없이 소설은 끝이 났다. 허무했다. 이게 무슨 세계명작이냐, 그랬던 기억이 난다.

그렇게 10년이 더 지나고 《노인과 바다》를 다시 펼쳤다. 먼지를 털고 다시 만난 《노인과 바다》는 노인이 바다에서 고기 잡는 것 그 이상의 이야기로 내게 다가왔다. 이 소설은 절대 굴하지 않는 인간의 집념에 대해 말하고 있었다. 이해불가였던 할아버지의 답답한 고

집은 10년 후의 내게, 인간의 집념이 얼마나 숭고한 것인가에 대한 깨달음으로 새롭게 다가왔다. 노인은 상어와 사투를 벌이며 조용히 말했다.

"사람은 파멸당할 수 있을지언정 패배하지는 않는다."

굴하지 않는 집념. 이것이야말로 인간이 숭고한 존재라는 결정적 증거란 걸 알게 됐다.

뮤지컬 '빌리 엘리어트'를 좋아한다. 영화로 열 번은 더 봤지만 뮤지컬의 감동은 영화 이상이었다. 뮤지컬에서 빌리 역을 맡아 믿기지 않는 춤과 연기를 선보인 열 살 소년 엘리엇 한나(Elliott Hanna)는 이런 말을 했다. 빌리 역을 맡은 배우로서 꼭 지녀야 할 한 가지가 있다면 그것은 '집념'이라고. 어린 배우의 집념이 이야기 속 빌리의 집념과 오버랩 되면서 묘한 감동을 주었다. 집념이란, 나이를 떠나서 인간 존재를 드높여주는 무엇이었다.

집념은 또한 사람의 마음을 설득시키는 힘이 있다. 《노인과 바다》와 '빌리 엘리어트'를 보며 든 생각이다. '빌리 엘리어트'에서 아버지 재키는 빌리가 발레하는 것을 결사반대하지만 체육관에서 우연히 빌리가 춤을 추는 모습을 보고, 아이의 꿈을 위해 자신을 희생하기로 결심한다. 아버지는 마치 접신하듯 무아지경 속에서 춤을 추는 아들의 모습에서 한 인간의 위대한 집념을 본 것이다. 빌리는 그렇게 아버지를 설득했다. 한 번도 발레를 하고 싶은 이유를 말로 설명하지 않았지만, 열정과 집념이 깃든 춤으로 자신의 꿈을 보여준 것이다.

설득에 관한 많은 책 속에는 심리학을 바탕으로 한 여러 가지 설득법이 제시돼 있다. 하지만 세상의 어떠한 설득법도 인간의 집념과 열정만큼 진실한 힘을 지닌 건 없다고 믿는다. 나 역시 누군가에게 설득당한 일들을 돌이켜보면 상대방의 열정 하나에 감명하여 기꺼운 마음으로 고개를 끄덕인 적이 많았다.

《노인과 바다》에서 노인이 보여준 집념은 결국 하늘을 설득시킨다. 84일째 고기 한 마리 잡지 못하다가 85일째가 됐을 때 믿을 수 없이 큰 청새치가 걸려든 것이다. '빌리 엘리어트'의 빌리 역시 꿈에 대한 집념으로 아버지를 설득시켰고, 탄광촌 마을 사람들을 설득시켰고, 망쳐 버린 오디션 끝에 심사위원들의 마음을 돌려 놓았다. 그리고 결국은 가난하고 희망 없는 탄광촌에 태어난 자신의 운명마저 설득시킨 것이다.

우리의 간절한 집념과 뜨거운 열정. 그것은 한낱 사람의 마음은 물론이요, 우리 앞을 가로막은 차가운 운명의 벽마저도 설득시킬 수 있다고 믿어 의심치 않는다.

$$\zeta$$

겸손하게 나를 드러내는 말

내일 일을 자랑하지 말라. 하루 사이에 무슨 일이 생길지 알 수 없다.

- 잠언 27:1

집념이 인간의 숭고함이라면, 겸손은 인간의 아름다움이다. 이유는
알 수 없지만 예전부터 겸손이란 덕목에 유독 마음이 간다. 무언가
를 되게 잘하는데도 겸손한 사람을 보면 그렇게 예뻐 보일 수가 없
다. 모두에게 천재로 칭송받는 사람이 아무렇지 않게 자신을 낮추는
모습도 보기 좋다. 그 겸손의 뒷모습이 위선인지는 알 수 없지만, 어
쨌든 그런 마음마저 감추고 겸손을 표하는 행위 자체만으로도 인간

의 아름다움은 충분히 발현된다고 생각한다.

한때는 겸손과 자신감이 헷갈렸다. 자신감을 가지자니 겸손함을 잃는 것 같고, 겸손하자니 자신감이 줄어드는 것 같았다. 하지만 자신감과 겸손은 서로 상반되는 관계가 아니라는 것을 깨닫게 됐다. 자신감과 겸손은 그냥, 아무 관계도 아니다. 자신감 있으면서 동시에 겸손한 것이야말로 가장 아름다운 태도라고 여기며 살고 있다.

겸손한 사람이 아름답게 느껴지는 건 왜일까? 이런 질문을 던져본 적 있다. 그리고 나름의 답안을 작성했다. 겸손한 사람의 마음 밑바탕에는 자신을 낮추는 미덕이 자리하고 있기 때문이다. 자신을 낮추는 행동은 곧 타인을 섬기는 미덕과 통하고 있다. 내가 최고가 아닐 수도 있다는 여지는 타인에 대한 인정을 가능하게 해준다. 나의 뛰어남뿐 아니라 남의 뛰어남도 눈여겨볼 수 있는 넓은 시야를 가진 사람은 내면의 마음밭 역시 넓고 풍요롭다. 또한 겸손이란 워낙 아이러니한 것이어서, 자신을 낮추면 낮출수록 스스로 드높아져 오히려 아름다운 빛이 더해진다.

겸손과 자신감이 아무 관계가 없는 반면, 겸손과 자랑은 꽤 관련이 깊다. 겸손한 사람은 자신의 과거를 자랑하는 일과 미래를 자랑하는 일 앞에서 조심스러운 반면 겸손하지 못한 사람은 그런 부분에서 조심성이 없다. 과거의 영광으로 사는 사람만큼 초라한 사람이 또 있을까? 미래도 마찬가지다. 성경에는 하루 사이에 무슨 일이 생길지 알 수 없으니 내일 일을 자랑하지 말라고 쓰여 있다. 내일 일이 99퍼센트 확실하다고 해도 나머지 1퍼센트가 채워질 때까지 잠자코 기다릴 줄 아는 것이 겸손이다. 아무리 확실해 보이는 일이라도 모든 일은 일어나야 일어난 것이다. 일 잘 끝내고 기분 좋게 퇴근하다가 상사의 가발에 내 가방 고리가 걸리지 말라는 법이 없다. 홀러덩 벗겨진 가발을 쥐고서 부들부들 떨던 대머리 상사가 진급 대상자 명단에서 내 이름을 빼버릴지 누가 알겠나? 내일 일을 자랑하며 김칫국을 마셨다가, 매운 뒷맛에 눈물 나는 수가 있다.

하지만 자랑하고 싶은 욕구만큼 간지러운 것도 없다. 코끝에 깃털 하나 달린 듯 재채기 같은 자랑이 튀어나올라치면 '인간사 새옹지마' 하고 주문을 외워서라도 그 수위를 조절해야 한다. 과거와 미래를 지나치게 자랑하지 않는 일은 과거의 영광을 더욱 찬란하게 하고, 내일 일어날 좋은 일에 더 큰 영광을 더하는 게 아닐까? 물론 좋은 일이 생기면 주위에 자랑도 좀 하고, 함께 기쁨을 나누는 건 인간적이고 좋은 일이다. 다만 그 자랑의 크기가 너무 비대해지거나 길이가 너무 길어지지 않도록 하는 게 좋다. 자랑도 꼬리가 너무 길면 시기하는 세력에게 밟힐 수가 있다.

동화작가 강미정의 '자랑을 하지 말아야 하는 이유'라는 짧은 글을 지하철 플랫폼에서 본 적 있다. 거기엔 이렇게 적혀 있었다.

"자랑할 일이 생긴 사람은 그 자체로도 눈이 부십니다. 거기다 자랑의 말까지 떠들어대면 너무 눈이 부셔서 눈살을 찌푸릴 수밖에 없습니다."

겸손이란, 그 자체로 눈부신 사람이 타인을 위해 자신의 빛을 은은하게 조절하는 배려가 아닐까.

57

~

진심을 전할 때 효과적인 말

누군가의 노래를 들을 때, 어떤 음식을 먹을 때, 어떤 글을 읽을 때. "이건 진짜다!" 하는 감탄이 터지는 오리지널을 만날 때면 가슴이 벅차오른다. 좀 더 알맹이에 가까운 느낌, 좀 더 본질에 가까이 다가가는 그런 느낌은 오리지널만이 줄 수 있다.

나는 예술을 접할 때 오리지널과 오리지널이 아닌 것으로 구별하곤 한다. 똑같은 노래를 불러도 부르는 사람에 따라 전해지는 감동은 천지 차이다. 이 점은 언제나 신비롭다. 그 차이는 단지 실력이 아니라 말로 설명하기 힘든 무언가 다른 요소에서 나온다. 오리지널은 어떤 점 때문에 오리지널인 걸까?

그건 '진심'의 차이다. 연주가 시작되면 연주자는 표정을 바꾸고 순간적으로 몰입한다. 자신이 연주하는 곡에 흠뻑 빠져서 감정의 깊고 깊은 바닥까지 내려간다. 얼마나 깊은 감정까지 도달하는지가 연주의 감동을 결정한다. 얼마만큼의 진심을 연주에 담는지가 관건인 것이다. 물론 모든 연주자가 매 순간 진심을 담겠지만, 개인마다 몰입 능력에 차이가 있듯 진심을 담아내는 크기에도 차이가 있을 것이다. 무아지경에서 자신의 진심을 담아내는 연주자는 마치 홀로 다른 곳에 존재하는 것처럼 보인다. 음악도 음악이지만, 찌푸려진 미간의 주름, 살짝 벌어진 입, 건반을 터치하는 손가락 끝에서도 오리지널의 아우라가 뿜어져나온다.

오리지널에 담긴 진심은 감추려 해도 감추기가 힘들다. 표정으로 먼저 드러나기 때문이다. 어떤 사람들은 연주를 들을 때 눈을 감고 듣지만 나는 한순간도 놓치지 않고 연주자를 바라본다. 연주자의 표정에서 오는 감동이 있기 때문이다. 무언가를 뼛속까지 느끼고 있는 듯한 무아지경의 얼굴, 춤을 추는 듯한 몸짓에서 연주자의 감정, 음악 속에 담긴 진심을 발견한다.

오리지널이란 키워드에 대해 깊이 생각하게 된 계기가 있다. 언제나 깊은 진심을 담아낸다고 여겼던 음악가가 쓴 글을 보고나서였다. 그는 자신이 비록 작가는 아니지만 글을 쓸 때면 많은 고민을 하게 되는데, 그 이유가 단순히 글을 더 잘 쓰고 싶어서가 아니라 진심이 담긴 글을 쓰고 싶기 때문이라고 말했다. 현재 자신의 감정을 거스르는 글은 진심이 아니기 때문에 쓰고 싶지 않다고 덧붙였다. 이 구절을 읽으면서 '오리지널'을 만들어내는 사람은 자신의 분야 외에 다른 일을 할 때에도 진심을 담으려는 태도를 기본적으로 갖고 임한다는 걸 알았다. 매사에 진심을 담는 것이다.

말도 다르지 않다. 오직 진심으로 만들어내는 오리지널. 고맙다는 말, 미안하다는 말, 사랑한다는 말. 그 어떤 말도 그 안에 진심이 담겨 있지 않다면 그것은 한낱 모조품일 뿐이다.

∫

위로가 되는 말

마음이 따뜻한 사람이 되고 싶어요. 나의 품이 포근하게 위로가 될 수 있도록.

사랑을 나눠줄 만큼 행복한 사람이 되면 그대에게 제일 먼저 자랑할 거예요.

- 곽진언, '자랑'

누군가 내게 '인간적이다.'라는 말의 정의를 내려보라고 한다면, 내게 두꺼운 사전 하나를 쥐어주고선 가장 인간적인 단어 하나만 남기라고 한다면, 나는 '따뜻함'이라는 단어를 마지막까지 지우지 않을 것이다. 인간적이라는 말과 따뜻하다는 말은 동의어라고 믿기 때문이다.

테레사 수녀의《마더 데레사의 아름다운 선물》중 한 구절이다.

"어느 날 나는 런던의 어느 거리를 걷고 있다가 키가 크고 깡마른 어떤 사람이 매우 비참한 모습으로 구석에 웅크리고 있는 것을 보았습니다. 나는 그에게 다가가서 그의 손을 잡고는 그의 상태를 물었지요. 그랬더니 그는 나를 올려다보며 말했습니다. '오, 참 오랜만에 인간의 따뜻한 손길을 느껴보는군요!' 그리고 천천히 일어섰지요. 사랑의 친절한 행동 하나로 그의 얼굴에는 아름다운 미소가 번졌습니다. 단순한 악수만으로도 그는 자신이 그 무엇이 된 것처럼 느꼈습니다."

인간은 따뜻한 손길을 원한다. 런던의 거지가 아니어도 따뜻함을 필요로 하지 않는 사람은 없다. 테레사 수녀가 거지에게 가장 먼저 준 것은 음식도, 돈도 아닌 따뜻한 손길 하나였다. 그것만으로도 그 사람은 자리를 털고 일어날 힘을 얻었다.

세상에서 가장 완벽한 말을 상상해본 적이 있다. 상상 속에서 나는 가장 완벽한 말의 모습을 보았다. 그 언어는 아주 빨갛게 이글거렸으며, 세상을 단번에 녹일 수 있을 만큼 강렬하고 뜨거웠다. 완벽한 그 언어가 무엇인지는 각자의 상상에 맡기고 싶다. 비록 그 언어가 제각각일지라도 세상의 모든 완벽한 말들의 고향은 아마도 '따뜻한 마음'이 아닐지.

사람과 사람이 서로를 미워하고 상처주고 차갑게 등을 돌리고 살아가는 세상에는 무엇보다 '따뜻한 말 한마디'가 갈급히 필요하다. 따뜻한 말 한마디만으로도 다시금 세상은 살 만해지고 인간다워진다.

~

태도를 변화시키는 말

말과 글이 거칠면 그 나라의 일이 다 거칠어진다.

— 주시경

EBS '다큐프라임'이 청소년 특별기획으로 마련한 '영혼의 상처, 언어 폭력' 편을 본 적 있다. 제작진은 욕설을 쓰지 않는 고등학생 집단과 욕설 없이는 대화가 힘든 고등학생 집단을 나눴다. 그런 다음 도미노 블록을 세우는 미션을 주고 두 집단이 어떻게 과제를 수행하는지 지 켜봤다. 결과는 다음과 같았다. 욕설을 쓰지 않는 집단의 아이들은 서 로의 말을 존중하고 리더의 의견에 따라 도미노를 완성했다. 반면, 욕설을 많이 쓰는 집단은 한 학생이 의견을 내면 "그게 뭔 개소리야." 하는 식으로 서로를 배려하지 않았고 결국 미션에 실패했다. 물론 도미노 미션 실패 원인이 100퍼센트 욕설에 있는 것은 아니었겠지만 미션 수행 과정을 지켜봤을 때, 욕설이 원인 중 하나였음은 부정할 수 없었다. 말이 말로, 욕설이 욕설로 끝나는 게 아니라 인간관계나 일의 성과에도 영향을 미친다는 것을 확인할 수 있는 실험이었다.

어떤 언어를 쓰느냐에 따라 그 사람의 정신이나 성격, 태도가 달라진다. 욕을 입에 달고 사는 사람을 두고 단지 '습관이 그런 사람'일 뿐이라고 하기엔 언어와 정신 사이의 상관관계가 꽤 깊다. 욕설을 많이 하면 자기 자신을 향한 인내심과 타인을 향한 인내심이 줄어들고, 사소한 일에도 욱하는 성격으로 고착될 가능성이 있다는 연구 결과가 있다. 더 큰 문제는 욕은 욕을 하는 사람의 문제로 끝나지 않는다는 것이다. 동일 프로그램에서 제작진은 학생들을 대상으로 MRI 촬영을 시도했다. 욕을 자주 하는 학생과 욕을 하지는 않지만 자주 듣는 학생의 뇌를 관찰한 결과, 욕을 한 가해 학생의 뇌는 감정 조절을 담당하는 해마의 크기가 작고 발달이 느린 것으로 나타났다. 더욱 놀라운 사실은 욕을 하지 않고 단지 듣기만한 피해 학생의 뇌에서도 해마의 크기가 작고 발달이 느린, 똑같은 현상이 관찰됐다는 사실이다. 결국 욕이라는 건, 하는 사람과 듣는 사람 모두에게 똑같이 부정적인 영향을 끼친다는 것이다. 욕이 갖는 에너지의 파장은 눈에 보이지는 않지만 분명 우리 정신에 손을 뻗치고 있는 셈이다.

욕설뿐 아니라 유행어나 속어도 쓰지 않는 편이 좋다. 한 방송인은 평소 남편과 이야기를 나눌 때 '겁나'라는 단어를 자주 사용했다. "겁나 사랑해." 같은 식으로 말이다. 그녀는 그런 단어 선택이 사랑의 진실성을 훼손한다는 생각이 들었고, '겁나'라는 단어를 쓰지 않기로 남편과 약속했다. 대신에 '정말' '많이'라는 단어를 썼다. 밥을 먹을 때 남편은 "겁나 맛있어." 대신 "엄청 맛있어."라고 말했다. 서로 대화를 할 때도 "많이 사랑해." "정말 고마워."라고 말했다. 둘의 관계가 더 진실해지는 기분이 들었고 자연스럽게 속어나 은어, 유행어를 쓰지 않게 됐다고 털어놨다.

사실 속어나 욕설을 하면 기분이 정화되는 느낌은 든다. 누구나 그런 감정을 느껴본 적 있을 것이다. 욕설의 긍정적인 측면도 고려하지 않은 건 아니다. 그럼에도 불구하고 여러 가지를 종합해봤을 때 욕이나 속어 등을 쓰지 않는 편이 더 낫다고 판단한 이유는, 위에서 열거한 모든 근거들을 차치하고서라도 근본적인 '말의 힘'을 믿기 때문이다.

∫

버려야 좋은 말

"그 감독… 못 버려서 망했어."

영화기자로 일할 때 종종 들려왔던 업계 소식 중 가장 기억에 남는 건 '못 버려서 망했다.'라는 말이다. 창작하는 사람이라면 뜨끔할 정도로 공감가는 말일 것이다. 버려야 더 나아질 것을 뻔히 알면서도 차마 못 버리는 마음. 기사 한 꼭지를 쓸 때에도 버려야 할 문장 앞에서 몇 분이나 망설이는데 하물며 소설가들은 어떨까? 스마트폰 사진첩을 정리할 때도 휴지통을 향하는 손가락이 이렇게나 머뭇거려지는데 하물며 영화를 찍는 감독들이야 오죽할까? 그 심정 잘 알지만, 그렇다. 못 버리면 망한다.

어떤 감독은 이런 말을 했다.

"그 배우의 눈빛 연기가 너무 좋아서 도저히 못 버리겠는 거예요. 그래도 어떡해요. 편집을 해야 영화가 완성되는데. 밤에 혼자 편집을 하면서 찍은 장면을 버리는데 진짜로 눈물이 나오더라고요."

눈물까지 흘렸다는 감독의 말에 '아! 무언가를 버린다는 건 이토록 어려운 일이었지!' 하고 새삼 절감했다. 그 후로 영화를 볼 때 약간 늘어지는 부분이 나와도 쉽게 비난하지 못한다. '이 감독… 차마 그 짓을 못했구나!' 하고 짠한 마음으로 너그러이 이해하게 됐다.

말도 다르지 않다. 버려야 좋은 말이 된다. 하지만 쉬운 일은 아니다. 어떤 주제로 이야기를 할 때, 자꾸만 '좋은 생각'이 끼어들곤 하기 때문이다. 그래서 한길로 잘 가다가도 중간중간 끼어드는 생각들을 말로써 다 내뱉게 되는 경우가 있다. 하지만 그것이 아무리 좋은 생각, 좋은 이야깃거리라 해도 말하는 주제에서 벗어난다면 과감히 버려야 한다. 버리는 것을 망설이지 않아야 한다. 하지만 말을 버리는 것은 생각을 버리는 일만큼이나 쉽지 않은 작업이다.

말을 못 버리는 첫 번째 이유는 욕심 때문이고, 두 번째는 순발력이 부족해서다. 순발력이 부족하다는 것은 주제에서 벗어나는 말인지 아닌지를 짧은 순간 판단하는 민첩성이 부족하단 뜻이다. 글을 쓸 때는 이리저리 고쳐보면서 매만질 수 있지만 말이란 건 시간의 예술이며, 흘러가는 것이기 때문에 즉흥적으로 판단하고 결정해야 한다. 우리는 빠른 판단으로 하나의 이야기에 하나의 주제만 담기게끔 적합한 말을 선택해야 한다. 주제를 희미하게 만드는 다른 곁가지들은 과감히 쳐내야 한다. 불필요한 말들을 버려야만 이야기의 주제가 하나로 선명하게 드러난다.

욕심을 버리는 일이야 마음먹기에 달렸다지만, 판단의 순발력은 어떻게 키울 수 있을까? 글 쓰기 연습이 도움이 된다. A4용지 한 장 분량으로 한 편의 글을 쓰면서 글의 전체 흐름을 수시로 확인하는 식으로 말이다. 이것은 하나의 주제로 통일성 있는 이야기를 전개해 나가는 연습이다. 이런 글쓰기를 통해 전체적인 그림을 바라보는 능력, 하나의 주제로 이야기를 전개하는 능력을 조금씩 키우다 보면 말을 할 때에도 군더더기 없이 내용을 구성할 수 있게 된다. 전체 흐름을 가늠하고 곁가지를 쳐내는 순발력은 훈련으로 충분히 키울 수 있다.

글이든 말이든 영화든, 버려야 할 것을 못 버리면 좋은 작품도 없다.

61

ʔ

글로 얻는 나다운 말

누군가 그랬다. 책을 낸 사람은 말을 잘한다고. 근거는 덧붙이지 않았다. 그래도 괜찮았다. 충분히 납득할 수 있을 것 같았으니까. 말과 글이 남남이 아니고 둘 사이에 모종의 관계가 있다는 건 이미 많은 사람들이 눈치채고 있는 사실이다. 나 역시 예전부터 말과 글, 둘 사이에 흐르는 심상치 않은 기류를 감지하고 있었다. 그리고 이제는 직접 그것을 파헤쳐야 할 때가 온 것 같다. 말과 글의 근본이 다르지 않거늘, 말에 대한 에세이를 쓰면서 글쓰기에 대한 언급을 빼놓는 건 아무래도 말이 안 된다는 생각이 들었기 때문이다.

일단 '책을 낸 사람은 말을 잘한다.'라는 문장이 참이라면, 책 한

권을 엮을 수 있을 정도로 많은 양의 글을 쓰는 것이 말하기에 도움을 준다는 인과관계가 성립된다. 글쓰기가 말하기를 도울 수가 있다는 의미인데, 어떻게 그럴 수 있을까? 이 질문에 두 가지 답을 내놓으려 한다. 첫째, 글을 쓰면 생각이 분명해지기 때문이고 둘째, 글을 쓰면 자신에 대해 더욱 잘 알게 되기 때문이다. 글쓰기 활동이 남기는 이 두 가지 부산물은 공교롭게도 말을 잘하는 데 가장 필요한 두 가지 요건이기도 하다.

먼저 글을 쓰면 생각이 분명해지는 원리를 살펴보자. '생각'이란 보이지도 않고 만져지지도 않는 것이지만 종이 위로 옮겨지면서 '글자'라는 육체를 얻게 된다. 글자로 형상화됨으로써 '바라볼 수 있게' 된 것이다. 눈으로 볼 수 있게 된 생각, 즉 대상화된 생각은 비로소 더 분명한 존재로 거듭난다. 수증기처럼 머릿속을 떠돌던 생각이 글로 표현되면서 얼음처럼 단단하게 응결된 것이다. 응결되어 고체가 된 물질은 즉각적이고 간편하게 사용(말)할 수 있다.

책 한 권을 쓴다는 건 즉각 사용할 수 있는 분명하고 응결된 생각을 수백 페이지 분량만큼 보유하는 일이다. 게다가 출간을 위해서는 수정 작업을 여러 번 거치면서 자신의 글을 반복해서 '바라보게' 된다. 이것은 마치 사진첩을 만들기 위해 사진을 보고 또 보는 일과 같다. 이 사람은 사진에 담긴 그 추억을 결코 잊지 않을 것이다. 잊지 않기에 언제, 어디서, 누구에게든 그 추억에 대해 생생하게 이야기할 수 있다.

글로써 한번 표현되어진 말. 그 말은 질적인 우수성을 띤다. 글을 쓸 때는 오랜 시간을 고민하여 최선의 단어를 고르기 때문이다. 즉석에서 뚝딱 만드는 물건보다, 골방에 박혀 몇 시간 동안 고민해가며 한 땀 한 땀 만드는 공예품(글)이 완성도나 미적인 부분에서 우수할 수밖에 없다. 나의 생각을 가장 적절하게 표현해줄 최적의 단어를 엄선해내는 과정은 사유의 땅을 끝까지 파고드는 과정과 같다. 그러므로 말과 글은 그것이 나오는 근본(생각)은 같지만, '말=글'의 등식이 성립되진 않는다. 받아쓰기하듯 말을 그대로 종이에 옮긴다고 글이 되는 건 아니다. 완성품이 만들어지기까지의 과정이, 다른 메커니즘을 거치기 때문이다.

그렇다면 글쓰기가 나 자신을 더욱 잘 알게 해주는 원리는 무엇일까? 무라카미 하루키(村上春樹)보다 이 원리를 간단하게 설명한 사람을 보지 못했다. 다음은《무라카미 하루키 잡문집》중 한 부분이다.

"원고지 4매 이내로 자기 자신을 설명하는 일은 거의 불가능에 가깝죠. 다만 자기 자신에 관해 쓰는 것은 불가능하더라도, 예를 들어

굴튀김에 관해 원고지 4매 이내로 쓰는 일은 가능하겠죠. 그렇다면 굴튀김에 관해 써보시는 건 어떨까요. 당신이 굴튀김에 관한 글을 쓰면, 당신과 굴튀김의 상관관계나 거리감이 자동적으로 표현되기 마련입니다. 그것은 다시 말해, 끝까지 파고들면 당신 자신에 관해 쓰는 일이기도 합니다."

글을 쓰는 건 결국 자기 자신에 대해 쓰는 일이다. 주제나 소재가 무엇이 됐건 글쓰기는 자기 자신에 대한 탐구활동이다. 굴튀김에 대해 쓰든, 동네 약수터에 대해 쓰든, 쓰레기 분리수거에 대해 쓰든 결국 그 글에 자신이 담길 수밖에 없다. 그 글을 통해 자신을 발견하게 되는 것이다. 똑같은 양의 물이 담긴 컵을 보고 어떤 사람은 '물이 반이나 남았다.'고 쓰고, 어떤 사람은 '물이 반밖에 안 남았다.'라고 쓴다. 어떤 것에 대해 써도 거기에는 자신의 사고방식과 성향이 묻어나기 마련이다. 이렇게 글 속에 자신의 관점이 드러나는 경우 외에도, 하루키의 말처럼 대상과 나 사이의 상관관계나 거리감이 형성됨으로써 자신을 발견할 수도 있다.

만약 당신이 글 속에 진심을 담아내려는 작가라면, 그러한 글쓰기를 통해 자신을 더욱 깊이 알아가게 될 것이다. 작가든 음악가든 화가든 마찬가지다. 한 피아니스트는 "나는 일상에서 굉장히 조심스러운 스타일이지만 반대로 연주를 할 때는 과감해진다."고 말했다. 그리고 이렇게 덧붙였다.

"일상보다는 음악할 때 모습이 내 본성에 가까운 것 같아요."

피아노든 글이든 그림이든, 자신의 영혼을 담아내는 대상이 있다면, 그것이 어떤 스타일로 완성되어 가는지를 관찰하는 것만으로도 자신의 본성을 알아낼 수 있다. 가령 내가 쓰고 있는 이 에세이가 군더더기 없는 간결한 문체로 쓰이고 있다면, 나란 사람의 본성이나 추구하는 것 역시 '간결함'이라고 봐도 무방하다.

좋은 말이란 '나다운 말'이다. 좋은 말을 하려면 나다워져야 한다. 나다워지기 위해서는 나 자신을 잘 알아야 한다. 나를 알기 위해서 글을 쓰면 된다. 글을 쓰면 내 안의 나와 더욱 가까이 마주하게 되고, 더욱 나 자신이 된다. 내가 나 자신과 좀 더 가까워졌을 때, 비로소 어떤 주제에 대해 이야기하더라도 진실한 이야기, 즉 나다운 이야기를 풀어낼 수가 있다.

가치 기준을 세워주는 말

사람들이 사는 세상은 생명체처럼 끊임없이 변화한다. 농업사회, 산업사회, 정보사회를 거쳐 세상은 어디론가 또 부지런히 흘러가고 있다. 이것이 끊임없이 업그레이드되는 '진화'인지 단순히 옷을 바꿔 입는 '변화'인지 누구도 단정할 수 없지만, 변하는 시대에 맞게 우리도 진화든 변화든 무언가 해야 할 것이다. 명실상부한 스마트폰 시대, 손안에 백과사전 하나씩을 들고 다니는 세상이 됐다. 구텐베르크의 인쇄술이 역사에 거대한 변혁을 가져온 것처럼 스마트폰도 새로운 세상을 열고 있다.

이제 언제 어디서든 정보와 지식을 취할 수 있다. 우리 손안의 요술램프를 이용하면 못할 것이 없다. 다만 내 손에만 요술램프가 있는 게 아니라는 사실을 기억해야 한다. 스마트폰을 든 사람들에게 스마트폰에서 찾은 정보를 전달하는 '정보전달형' 이야기는 이 시대에 맞는 말하기가 아니다. 스마트폰으로 얻은 정보를 자신만의 가치 기준으로 선별하고 엮어 하나의 정제된 콘텐츠를 창조하는 사람이야말로 이 시대에 걸맞은 '말 잘하는 사람'이다. 지식이 넘쳐날수록 중요해지는 것은 그것을 자신의 기준으로 정리하고 재구성하는 창의력이다.

구슬이 서 말이라도 꿰어야 보배라는 속담이 있다. 이제는 얼마나 많은 구슬을 가지고 있느냐가 아니라, 어떤 구슬을 어떤 실에 어떤 배열로 꿰어, 어떤 모양의 목걸이를 만들어내느냐가 중요하다. 이것이 스마트폰 시대에 가치 있는 지식과 가치 있는 말을 창출하는 방식이다. 목걸이를 만들기에 앞서 먼저 자신만의 '가치 기준'을 세워야 한다. 가치 기준은 구슬을 꿰는 실에, 정보는 구슬에 비유할 수 있다. 애초에 실이 없다면 아무리 좋은 구슬들을 많이 보유하고 있어도 목걸이를 만들 수 없다. 정보의 파도 속에서 가치 기준이 없다면 어떤 구슬을 선별할 것인지 결정을 내릴 수도 없다. 가령 어떤 사람이 '신의'라는 가치 기준을 갖고 있다면 그 사람은 신의라는 실에 맞는 구슬을 엮어 하나의 이야기를 만들 수 있다. 자신만의 가치 기준이 있어야 세상에 대해 무엇인가 '할 말'이 생기는 것이다.

가치 기준과 그 적용은 프랭클린 플래너에서도 발견할 수 있다. 프랭클린 플래너가 기존 다이어리와 다른 점은 자신의 지배 가치를 쓰고 우선순위를 매길 수 있게 한다는 것이다. 플래너에 나와 있는 예를 살펴보면 '프로정신'이 있다. 그러면 작성자는 프로정신이라는 가치 기준에 대한 개인적인 행동강령으로 '나는 매일 탁월하게 일한다.' '나는 다른 사람들의 아이디어에 열려 있다.' '나는 팀플레이를 한다.' 등의 구슬을 선별하여 꿸 수 있다.

말을 할 때에도 자신만의 가치 기준을 세우는 게 중요하다. 특히 스마트폰 시대를 사는 우리는 구슬을 많이 가진 자가 되려고 애쓰기보다는 구슬을 잘 엮어내는 감각적인 공예가가 되어야 한다. 아무리 예쁜 구슬이라도 꿰어야 보배다.

63

질문으로 얻는 말

대화에도 격이란 게 있다면 좋은 질문은 품격 있는 대화를 위한 결정적 조건이다. 우리가 일상에서 나누는 대화의 상당 부분은 질문과 대답으로 이루어지기 때문이다. 좋은 질문은 본질을 꿰뚫는 무기이자 상대의 마음의 문을 여는 열쇠이다. 또한 결정적인 질문은 타인의 내면을 들여다보게 해주고 서로의 관계를 발전시킨다. 리더십의 대가로 불리는 존 맥스웰(John C. Maxwell)은 대화의 질을 높이고 마음의 문을 여는 질문을 수년 동안 개발했고, 저서《작은 시작》을 통해 다음과 같은 질문 목록을 제시했다.

● **무엇을 꿈꾸는가?**

이미 성취한 것으로 그들의 생각에 대해 알 수도 있지만, 마음을 이해하기 위해서는 그들이 이루고자 하는 꿈을 보아야 한다.

● **무엇을 위해 우는가?**

고통을 이해한다면 그들의 마음을 이해할 수 있다.

● **무엇 때문에 노래하는가?**

기쁨을 가져다주는 것이 그들 힘의 원천이다.

● **무엇에 가치를 두는가?**

소중하게 여기는 가치에 접근할 수 있다면 그들의 마음속 깊숙한 곳으로 들어간 것과 같다.

● **강점은 무엇인가?**

강점으로 여기는 것이라면 무엇이든 자랑스럽게 여긴다.

● **기질은 어떠한가?**

기질을 알아둬라. 그러면 그들 마음으로 가는 길을 쉽게 발견할 것이다.

위의 질문들은 상대방의 내면에 닿아 핵심가치를 알아낼 수 있게 해주는 근원적인 질문들이다. 한 보험회사 직원들을 대상으로 강의를 한 적이 있는데, 그들의 업무 현장을 보고 내가 느낀 점은 고객에

게 어떤 질문을 하느냐에 따라서 업무 성과가 극명하게 갈린다는 것

이었다. "노후 대비를 얼마나 잘하고 계신가요?" "사고나 질병에 대

처하려면 어떻게 해야 할까요?" 같은 직접적인 질문으로는 상대방

의 마음을 열기가 힘들다. 설득이란 아이러니하게도 너무 직접적이

면 효과가 떨어지기 마련이다. 위의 질문은 누가 봐도 보험에 가입

하게 하려는 의지가 직접적으로 드러나 있다. 존 맥스웰이 제시한

질문 목록을 토대로 보험회사 직원이 고객을 설득하기 위해 어떤 질

문을 하면 좋을지, 직접적이지 않으면서도 효과적인 질문들을 생각

해봤다.

● **만일 고객님의 집에 불이 난다면 무엇을 가장 먼저 챙기겠습니까?**

가족의 생명은 무엇보다 먼저 챙겨야 할 대상이다.

● **사랑하는 이에게 가장 해주고 싶은 선물은 무엇인가요?**

건강도 선물할 수 있다면 그것은 가장 좋은 선물이 될 것이다.

● **일에서 성과를 내기 위해선 몰입해야 합니다. 걱정을 잊고 몰입하**

려면 걱정을 없애야 하지 않을까요?

걱정과 불안은 어딘가에 몰입할 때 방해되는 요소다. 보험은

미래에 대한 불안을 해소시켜주는 안전장치이다. 편안한 마음

은 업무효율을 높이고 성공과 행복에 닿게 한다.

● 어떻게 해야 당신의 가치를 증대시킬 수 있을까요?

경제력, 외모, 인품, 지식뿐 아니라 건강 역시 한 사람의 가치가
될 수 있다면, 건강이라는 가치를 증대시키기 위해 노력해야
할 것이다.

질문도 하나의 능력이다. 섬세하고 세련된 질문, 본질을 간파하는
질문, 각성과 변화를 유도하는 질문… 이런 질문을 던질 수 있는 사
람에게선 품위가 느껴진다.

~

원하는 답을 얻을 수 있는 말

사람은 적응의 동물이다. 하루 세끼를 먹다가도 한 끼만 먹어야 하는 상황에 놓이면 한 끼로 최대 효율을 내는 법을 찾아내고야 만다. 기자 일을 처음 시작했을 무렵의 인터뷰가 그랬다. 주어진 한 시간 동안 인터뷰이와 진정한 소통을 통해 그의 마음 깊이 있는 것들을 끄집어내고 싶었다. 그전까지 내가 해온 소통은 여러 번의 만남 속에서 시간의 층을 쌓으며 이루어진 보통의 것들이었기 때문에 시간에 기대지 않은 단 한 번의 만남, 그것도 한 시간 남짓 안에 소통에이르는 일에 어서 적응하고 싶었다. 그래서 찾아낸 열쇠가 바로 '질문'이었다.

인터뷰 경험이 쌓이며 느낀 점은, 좋은 질문을 하면 좋은 대답이 돌아온다는 것이다. 당연하고 단순하지만 중요한 포인트였다. 내가 준비한 질문 중 어떤 질문에는 인터뷰이의 형식적인 대답이 돌아왔지만 어떤 질문에는 내면의 깊은 이야기가 딸려 올라왔다.

"이 영화 찍을 때 어떤 점이 힘들었나요?"

이렇게 물으면 상대는 힘들었던 '일'에 대해 이야기했다.

"이 영화가 당신에게 어떤 의미인가요?"

이렇게 질문하면 힘들었던 일과 함께 그것을 극복하며 느꼈던 개인적인 감정 등 좀 더 깊숙한 대답을 꺼내놓았다. 인터뷰이가 '일'보다 '자기 자신'에 대해 이야기할 때 비로소 깊은 소통이 이루어진다. 이것을 깨닫고 나니, 좋은 질문에 대해 고민하는 시간이 점점 늘어갔다.

중요한 건 '결정적 질문'을 하는 것이었다. 짧은 시간 안에 인터뷰이의 내면을 들여다보기 위해선 '결정적 대답'이 필요하기 때문이다. 나는 나름의 고민이 담긴 결정적 질문들을 마련하기 시작했다. 그중 하나는 "당신이 살면서 가장 잘한 일은 무엇인가요?"라는 질문이었다. 이 질문에 대한 대답은 인터뷰이에 따라 제각각이었다. 어떤 배우는 데뷔한 일을 꼽았고, 어떤 배우는 결혼을 가장 잘한 일로 꼽았다. 이런 대답들로 나는 인터뷰이의 마음을 가득 채우고 있는 것이 무엇인지 짐작해볼 수 있었다. 그 사람이 어떤 가치를 가장 소중하게 여기는지, 가슴속에 어떤 꿈을 품고 사는지, 이 질문 덕분에 그 속을 조금은 알 것 같았다.

가장 인상적인 대답을 한 인터뷰이는 배우 박보검이었다.

"지금까지 살아오면서 가장 잘한 일이 무엇인 것 같아요?"

그는 조금의 망설임도 없이 대답했다.

"태어나서 우리 가족을 만난 것이요."

이 짧은 답변 안에 이 청년의 꿈과 인생이 담겨 있었다. 소통에는 많은 질문이 필요하지 않다는 것을 그때 여실히 깨달았다. 결정적 대답 하나만으로 한 시간의 대화를 응축해 담아낼 수 있었다.

좋은 질문은 답변과 상관없이 질문 그 자체로 가치를 지닌다. 선원에서 스님들은 제자에게 화두를 던져 몇 날 며칠 혹은 몇 년 동안 생각하게끔 하는데, 화두는 참선 수행을 위한 실마리가 된다. 물음표 형태의 문장이든 짧은 단어든 스님이 그것을 질문 던지듯 던지면 그 화두를 받은 제자들은 그것을 끊임없이 생각하고 고민한다. 이 과정 자체가 개인적 성장을 이루게 한다. 답을 찾지 못해도 상관없이 말이다.

질문을 화두처럼 던지는 친구가 한 명 있다. 어떤 날은 지금 내 마음을 괴롭히는 것에 대해 털어놓았더니 그 친구가 가만히 듣다가 나에게 질문했다.

"근데 그게 중요해?"

할 말이 없었다. 대답을 가만히 생각해봤다. 지금 내가 하는 고민이 내 인생에서 정말 중요한 일인지 아닌지. 허무하게도 전혀 중요한 일이 아니라는 대답을 찾았다. 그날 친구의 질문 덕에 평소에 내가 중요하지 않은 것에 마음의 에너지를 너무 낭비하고 살았음을 깨달았다. 그 후로 사소한 일에 집착하는 자신을 발견할 때면 스스로에게 이렇게 묻곤 했다.

"지금 이게 중요해? 정말 중요한 거 맞아?"

그러면 나의 사소한 고민은 결정적 질문 앞에서 슬그머니 꼬리를 내리고는 스르륵 사라졌다. 나도 누군가에게 이런 화두 같은 질문 하나 툭 던지는 사람이고 싶다.

65

~

감각적인 말

어떤 주제에 대해 순발력 있게 말해야 할 때가 종종 있다. 어떤 사람은 준비라도 한 듯 술술 이야기보따리를 풀지만, 어떤 사람은 "무슨말을 해야 할지 모르겠어요."라며 당황해한다. 이런 상황에서는 일단 주제의 범위를 좁혀야 한다. 그래야 이야기의 물꼬를 쉽게 틀 수있다. 만약 '겨울'이라는 즉흥 주제를 받았을 때, 겨울의 모든 것을 이야기하려 하지 말고 겨울 스포츠, 겨울 옷, 겨울 군것질거리 등으로 주제를 확 좁히는 작업부터 해야 한다. 다음 두 이야기를 비교해보자. 첫 번째 화자의 이야기다.

"겨울에는 한 해를 마무리하는 연말과 새해를 시작하는 연초가 함께 있습니다. 연말에는 크리스마스 분위기 덕분에 로맨틱한 기분을 느낄 수 있고, 연초에는 신정과 설날 덕분에 새로 시작하는 기분도 느낄 수 있습니다. 또 겨울에는 스키나 보드를 탈 수가 있어서 좋은데요. 저는 올해 겨울에도 친구들과 스키장에 가기로 했습니다.

춥다고 실내에만 있지 마시고 햇빛을 쬐며 산책하시길 바랍니다. 또 겨울 하면 다음에 다가올 봄이 생각나는데요. 대부분의 사람들이 봄이 오길 바라지만 저는 겨울이 참 좋습니다."

다음은 두 번째 화자의 이야기이다.

"저는 겨울 하면 군고구마가 생각이 납니다. 동네마다 군고구마 리어카가 한 대씩은 꼭 있잖아요. 그런데 작년까지만 해도 보이던 군고구마 장사가 올해는 하나도 안 보이더라고요. 경기가 안 좋아서 그런가 하고 지나쳤는데 편의점에 가보니 왜 그런지 알겠더라고요. 편의점에도 군고구마가 있었습니다. 그뿐만 아니라 삶은 옥수수, 삶은 계란, 사과, 바나나 등 정말 없는 게 없구나 싶었어요. 군고구마 장사가 사라지는 게 꼭 편의점 때문은 아니겠지만 저는 편의점을 보면 가끔 뭔가 잃어버린 것처럼 허전한 기분이 들어요. 올 겨울에는 사라져가는 것들에 대해 한 번쯤 눈길을 돌려보는 건 어떨까요?"

첫 번째 화자는 겨울의 분위기, 겨울의 스포츠, 겨울 뒤에 다가올 봄에 대해 광범위하게 이야기했다. 반면에 두 번째 화자는 겨울에 먹는 군고구마를 이야기하며 사라져가는 것들에 눈길을 주자고 말했다. 두 번째 이야기가 더 여운이 남는 건 구체적으로 좁힌 하나의 이야기를 통해 깊은 사유를 이끌어냈기 때문이다. 이처럼 마음을 움직이는 말은 거대담론보다는 작고 구체적인 하나의 이야기다.

즉흥적으로 무언가를 말하는 건 쉽지 않은 일이다. 생각할 시간이 턱없이 부족하기 때문이다. 완벽하게 말하려는 욕심에 이야기의 전체 윤곽을 세우다 보면 어색한 침묵 속에서 몇 분을 보내야 할 것이다. 완벽한 말하기에 대한 욕심을 버리고 일단 생각난 것부터 이야기를 시작해야 한다. 두 번째 화자는 겨울이란 주제를 봤을 때 갑자기 군고구마가 생각났을 것이다. 그래서 일단 군고구마 이야기를 시작했다. 그리고 이야기를 하다 보니 '겨울 → 군고구마 → 사라진 우리 동네 군고구마 장사 → 편의점 풍경 → 사라져가는 것들에 대한 단상'으로 자연스럽게 이어졌을 것이다. 흐름에 몸을 맡긴 셈이다. 군고구마가 스스로 입이 달린 것처럼 새로운 이야기를 만들어낼 것임을 믿고 과감히 어떤 말이든 꺼내는 것이 순발력의 비법이다.

　　다시 강조하지만, 순발력 있는 말하기를 하려면 욕심을 버려야 한다. 여러 가지를 다 말하려고 욕심내면 아무 메시지도 전달할 수 없다. 겨울의 모든 것에 대해 말하는 대신 사라져가는 것들에 대한 단상을 이야기한 두 번째 화자처럼, 욕심을 버리고 소소한 것부터 이야기해야 한다. 또한 용기도 필요하다. 자신이 뱉은 이야기가 어떻게든 흐름을 타고 이어져 하나의 스토리가 만들어질 것임을 믿는 용기야말로 순발력 있는 말하기의 비결이라고 할 수 있다.

~

분위기를 끌어올리는 말

외모나 재산에 연연하지 마라. 언젠가는 모두 사라진다.

그대를 미소 짓게 할 수 있는 사람을 선택하라.

미소는 우울한 날을 밝은 날로 만들어주는 능력을 갖고 있다.

– 틱낫한 Thich Nhat Hanh

보기만 해도 기분 좋아지는 사람이 있다. 그런 사람은 일단, 웃는 사람이다. 웃는 얼굴은 보는 것만으로도 미소 짓게 한다. 미소 띤 얼굴은 그 자체로 큰 힘을 가졌다. 미소 띤 얼굴로 발표하는 사람을 보면 내용과 상관없이 덩달아 행복해진다. '행복'은 소통의 궁극적 목적인

'교감'과 직결된다. 한마디로 상대방에게 행복함을 주는 사람은 내용에 상관없이 이미 상대방과 교감을 이룬 셈이다. 미소로 연결되는 호감(好感), 행복감(幸福感)은 글자 그대로 '느낄 감(感)', 즉 느낌으로 전달되는 의사소통이다. 그렇기 때문에 감성을 움직이는 힘이 있다.

20대 중반의 한 대학생이 모임에 참석했다. 그렇게 잘 웃는 얼굴은 본 적이 없을 만큼 내내 싱그러운 미소를 띤 청년이었다. 보통 사람의 얼굴은 무표정이 베이스캠프라면, 그 청년의 얼굴은 미소가 베이스캠프였다. 평상시의 얼굴이 미소였다. 그가 앞에 나와 말을 하면 나도 모르게 따라서 미소가 지어졌다. 내가 저 청년을 좋아하나 싶어 주변을 둘러보면 다른 사람들도 대부분 미소를 지은 채 그의 발표를 듣고 있었다. 거울 효과였다. 상대가 웃으면 거울처럼 따라 웃게 되는 것이다. 한번은 청년에게 "표정이 참 밝고 좋으시네요. 원래 잘 웃으세요?"라고 물었는데 돌아온 대답이 걸작이었다.

"원래도 그런 편이긴 한데 그것보다⋯ 발표할 때 안 웃고 하는 게 저는 더 어색하더라고요."

그의 말을 듣고 아차 싶었다. 나는 지금까지 무표정이 '정상'이라고 생각하고 살았던 것이다. 하지만 그 청년에게는 오히려 미소가 '정상'이었다. 발상의 전환이 일었다. 내 얼굴의 베이스캠프를 무표정에서 미소로 옮겨야겠다고 생각했다.

　말을 한다는 건 생각만을 전달하는 행위가 아니다. 말을 한다는 건 그 사람의 분위기와 에너지를 함께 전달하는 일이다. 내용이 좀 부실하더라도 밝은 기운을 뿜는 사람의 이야기는 더 듣고 싶어진다. 좋은 에너지를 받고 싶기 때문이다.
　인디언 럼비족의 '훈계'에는 이런 구절이 있다.
　"내가 못마땅한 표정을 짓고 있어도 다른 사람들이 나를 미소로 대해야 한다고 기대하는 태도가 착각이다."
　내가 먼저 미소 짓자. 미소의 위력은 실로 대단해서 방 안의 공기를 단번에 바꾼다. 햇빛이 모든 장소에 골고루 빛을 비추듯 미소는 방 안 구석구석을 밝게 비춘다. 또한 햇빛 아래에 여러 개의 거울을 놓으면 거울들끼리 서로 빛을 반사시켜 사방이 빛 천지가 되듯, 미소 또한 서로를 따라 웃게 만드는 반사 효과를 일으킨다. 그래서 나의 미소는 세상을 더 환한 곳으로 바꾸는 힘을 가진다.

∫

'함께'임을 깨닫게 하는 말

개와 고양이는 만나기만 하면 싸운다. 서로 사이가 좋지 않아서가 아니라, 의사소통 방식이 달라서다. 개 입장에서 앞발을 드는 동작은 반갑다는 표현이지만, 고양이에게는 공격할 때 취하는 동작이다. 서로의 마음이 다른 게 아니라 표현이 달랐을 뿐이란 걸 개와 고양이는 알 도리가 없다.

어쩌면 우리도 개와 고양이처럼 고독한 소통으로 상처받으며 살고 있는지도 모르겠다. 무엇이 잘못된 것인지도 모른 채 개와 고양이처럼 서로의 등만 하염없이 바라보고 있는 모습이다. 개는 생각한다. 왜 나의 호의에 고양이는 저토록 날카로운지. 고양이도 생각한다. 왜 가만히 있는 내게 저 개는 갑자기 앞발을 들어 공격하려 하는지. 왜 내 마음을 이토록 몰라주는지.

서로의 소통 방식이 다름을 아는 것. 그리고 알게 된 다름을 이해하려고 노력하는 것. 이것이 우리에게 필요한 일이다. 서로의 다름을 이해하려 하지 않을 때 오해는 커진다. 누구의 잘못도 아닌, 단지 오해 때문에 괜히 상대에게 상처주는 말을 하고 돌아서서 자신은 더 깊은 상처를 받는다. 너와 내가 모여 우리가 됐지만 너와 내가 서로 다르다는 당연한 사실 하나도 이해하지 못하는 우리. 그런 우리는 진정한 우리일까? 그런 우리의 사랑은 진정한 사랑인 걸까?

20대 후반의 한 청년에게 따뜻한 이야기를 들었다.

"제가 파주에 있는 공장에서 일을 한 적이 있는데요. 외국인 노동자들이 많았어요. 그들을 보면서 들었던 생각은 말이 안 통해서 소통이 안 된다는 것이었어요. '나는 네가 좋다. 우리 힘들지만 열심히 해보자.' 그런 제 감정을 이야기하고 싶었거든요. 의사소통을 떠나서 감정을 주고받는 것이 안 되니까 가까워질 수 없었어요. 그래서 태국어 책과 베트남어 책을 사서 제가 공부를 좀 해봤어요. 잘은 못하지만 태국어로, 베트남어로 조금씩 말을 했더니 그들이 정말 좋아하더라고요. 한국에 온 사람은 나인데 네가 나의 언어를 배워서 말을 걸어주니 정말 고맙다면서요. 오늘 주제가 '말이란 무엇인가.'인데요. 이 질문에 저는 이렇게 답하고 싶어요. '말은 감정의 공유다.'라고. 이상입니다."

나는 이 청년처럼 누군가와 진실한 감정을 나누기 위해 노력이란 걸 한 적이 있었을까. 나와 다른 타인의 '말'을 배우고 이해하고 소통하기 위해 적극적으로 행동한 적이 있었을까.

68

~

의지를 다지는 말

길은 지금 긴 산허리에 걸려 있다. 밤중을 지난 무렵인지 죽은 듯이 고요한 속에서 짐승 같은 달의 숨소리가 손에 잡힐 듯이 들리며 콩 포기와 옥수수 잎새가 한층 달에 푸르게 젖었다. 산허리는 온통 메밀밭이어서 피기 시작한 꽃이 소금을 뿌린 듯이 흐뭇한 달빛에 숨이 막힐 지경이다. 붉은 대궁이 향기같이 애잔하고 나귀들의 걸음도 시원하다.

– 이효석, 〈메밀꽃 필 무렵〉

소금 같은 메밀밭이 마음 안에 하얗게 퍼지는 대목이다. 소설이 우리 마음에 이런 풍경을 그릴 수 있는 건 구체적인 묘사 때문이다. 산허리쯤 걸린 길, 밤중, 고요함, 달빛, 콩 포기와 옥수수 잎새, 하얀 메밀꽃…. 밤중에 본 메밀밭의 풍경을 이토록 섬세한 감성으로, 구체적이면서도 시적으로 표현한 것이 놀랍다. 좋은 소설의 힘은 역시나 감성과 표현의 구체성에 있다는 사실을 다시금 떠올리게 한다.

말도 글처럼 구체적일 때 힘을 갖는다. 구체적인 말은 사람의 마음을 움직이고 행동을 이끌어낸다. 예를 들면 길에서 사고를 당했을 때 지나가는 사람 모두를 향해 "도와주세요!"라고 말하는 대신, "파란색 옷 입은 여성 분, 119에 신고 좀 해주세요!"라고 콕 집어 부탁해야 한다.

가정에서도 구체적인 말이 필요하다. 게임에 빠진 아들에게 공부하라고 잔소리하는 엄마. 이왕이면 구체적으로 잔소리를 해야 소기의 성과를 거둘 수 있다. 몇 시까지 게임을 끝내야 한다고 시간을 못박아야 한다. 학교에서도 마찬가지다. 선생님은 아이들에게 구체적으로 가르치기 위해 언제나 노력한다. 청소 시간마저 그렇다. 철수는 쓸고, 영희는 닦고, 광태는 칠판지우개를 털라고 구체적으로 지정해주지 않으면 선생님 혼자 청소해야 하는 불상사가 발생할지도 모른다. 회사도 다를 바 없다. 상사가 구체적으로 업무 지시를 할 때, 부하 직원은 맡은 업무를 좀 더 정확히 처리할 수 있다.

구체적인 말의 힘이 가장 분명하게 발휘되는 경우는 '칭찬'이다.

가끔 이런 기분이 들 때가 있다. 방금 내가 들은 게 분명 칭찬이긴 칭찬인데 이상하게 찝찝한 기분. 이 찝찝함의 원인은 '영혼 없는 칭찬'에 있다. 영혼이 부재중인 칭찬은 대부분 짤막하고 추상적이다. 당신이 화가이고, 친구에게 힘들게 완성한 작품을 보여주기로 마음먹었다면, 칭찬까지는 아니더라도 진심 어린 반응을 기대할 것이다. 그래서 당신은 눈을 반짝이며 친구의 입술을 초조하게 바라본다. 그런데 친구가 이렇게 말한다.

"응, 잘 그렸네."

이게 끝이라니! 순간 밀려오는 건 오직 '아, 괜히 보여줬어!'

그림이 좋았다면 어떤 부분이 좋았는지 구체적으로 설명해주는 게 좋다.

"색채 표현이 굉장히 독특한데? 강렬하면서도 몽환적인 느낌이야. 독창적인 그림이군."

구체적으로 칭찬하라는 말은 길게 칭찬하라는 의미가 아니다. 간결하게 말하더라도 표현에 구체성이 있어야 한다는 뜻이다. 그래야 진심도 전달되니까.

구체적인 말의 힘은 내면에도 적용된다. 자기 암시의 말을 구체화시켜보면 알 수 있다. "나는 나를 믿는다."라는 말 대신 "나는 나의 의지를 믿는다."라는 식으로 구체적으로 말하는 것이다. 가령 다이어트 중 빵을 먹고 싶을 때, "나는 나를 믿는다." 대신 "나는 나의 의지를 믿는다."라고 되뇌이면 훨씬 빵을 참기가 쉬워진다. 파란색 옷을 입은 여자를 지목하여 신고를 부탁하는 것과 같은 이치일지 모르겠다. 내 안에 있는 '의지'를 콕 집어 지목하는 순간, 나의 무의식은 재빠르게 '의지'를 작동시켜 구체적인 행동을 이끌어낸다.

69

입체적인 말

화법(畵法)으로 화법(話法)에 대해 말해볼까 한다. 초등학교 저학년 때 내가 그린 그림은 평면적이었다. 어린이들의 그림이란 게 으레 그렇듯 나무도 집도 사람도 자동차도 쥐포처럼 납작하게 스케치북에 누워 있었다. 중학생이 됐을 때, 그림 속 사물들은 비로소 스케치북 위로 조금 튀어나와 있다. 연필과 지우개를 부지런히 놀려가며 어떻게 해야 보이는 그대로를 입체적으로 그려낼 수 있을까 고민한 결과였다. 어쨌든 납작한 그림보다는 튀어나온 그림이 더 보기 좋았다.

스피치 모임에 처음 참석했을 때 나는 납작한 그림처럼 말했다. 가령 '취미'라는 주제를 받으면 내 취미가 무엇인지에 대해 설명하는 데 그쳤다. 그렇게 한 5년쯤 지나니 비로소 나의 말이 스케치북 위로 튀어나온 그림처럼 변해가는 것을 느꼈다. 단지 내 취미가 무엇인지 나열하는 게 아니라 취미라는 주제를 놓고 입체적으로 말하기 시작한 것이다.

"제 취미는 영화 보기입니다. 얼마 전 류승완 감독의 '베테랑'을 봤는데요. 굉장히 개성이 강한 작품이었습니다. 감독이 누군지 모르고 봐도 영화가 끝나면 '류승완 감독의 작품이구나!' 하고 알아챌 만큼 자기만의 스타일이 짙은 영화더군요. 제가 개성 있는 영화를 좋아한다는 걸 다시 한 번 느꼈습니다.

취미 활동을 즐기다 보면 이렇듯 자신의 성향을 알 수 있습니다. 이것이야말로 취미가 우리에게 주는 또 다른 선물이라고 생각합니다. 취미는 일과 다르게 누군가로부터 강요받지 않고 자기가 하고 싶은 걸 마음대로 하는 활동이기 때문입니다. 그렇기 때문에 자신의 내면이 어떤 것을 추구하는지 쉽게 알 수 있죠. '베테랑'을 보며 나란 사람이 개성을 중요시하는 사람이란 걸 알게 됐고, 이 사실을 발견했기 때문에 글을 쓸 때 문체에 좀 더 개성을 더하려고 의식적인 노력을 하게 됩니다. 이렇듯 취미는 자기 자신에 대해 알게 해주는 것이라고 생각합니다."

이런 것이 입체적인 말하기다. 단지 취미는 영화 보기이고 어떠한 영화를 좋아한다는 말로 끝나면 그것은 평면적인 말하기다. 하지만 위의 사례처럼 '취미 → 영화 → 개성 → 자신을 아는 일 → 취미의 장점'으로 구성되는 이야기는 입체적이다. '취미'라는 평범한 주제로 이야기하더라도 이렇게 입체적으로 풀어간다면 그 속에 메시지를 담을 수 있다. 입체적 화법(畵法)으로 소묘를 하듯, 어떤 주제에 대해 입체적 화법(話法)으로 접근하면 한 권의 책처럼 풍성한 말하기를 할 수 있다.

단, 입체적 화법에서 조심해야 할 것은 삼천포로 빠지지 않아야 한다는 것이다. 취미로 시작했으면 다시 취미로 돌아와야 하는데 자칫 무리해서 입체성을 부여하다 보면 주제를 벗어날 수 있다. 마지막에는 출발지로 반드시 돌아와야 한다. 초등학생의 평면 그림과 미대생의 소묘는 격이 다르듯, 평면적인 말과 입체적인 말은 품격이 다르다.

독설을 이기는 말

고통은 끌어안아야 비로소 누그러지는 것이다.

- 다네다 산토카種田山頭火

어느 오래된 책에서 이런 구절을 본 적 있다.

"온 세상에 비단 천을 깔려 애쓰지 말고, 너의 두 발을 비단 천으로 감싸고서 걸어라."

외부 세계를 바꾸려 하기보다 자신의 마음을 바꾸는 것이 더 현명함을 이르는 문장이다. 세상사 모든 일은 마음먹기에 달려 있다는 불교의 일체유심조(一切唯心造: 모든 것은 오로지 마음이 지어내는 것임을 뜻함)가 연상된다. 생각해보면 마음의 평화란 외부에 있는 것이 아니라 내부에 있는 것이기에 바깥세상이 아닌 자신의 내부를 먼저 바꾸는 데서 평화가 시작되는 건 당연한 이치다. 바깥세상은 넓디넓어서 우리가 아무리 비단 천을 깔며 발악해도 완전한 안정을 보장받지 못한다. 그럴 바에는 어떤 고난이 와도 이겨낼 수 있는 내부의 굳건한 안식처를 갖는 것이 한결 마음 든든하다.

'화자 입장에서 어떻게 말할 것인가?'가 아니라 '청자 입장에서 어떻게 들을 것인가?'에 대해 생각해보려 비단 천과 일체유심조 이야기를 꺼냈다. 특히 독설에 대해서 말이다. 우리는 말 많은 세상에 살고 있어서 아무리 좋은 말만 들으려 해도 상처를 주는 독설을 피할 수는 없다. 때문에 살면서 어쩔 수 없이 듣게 되는 '독설'을 어떻게 받아들이고, 어떻게 처리할 것인가에 대해 진지하게 고민해볼 가치가 있다. 상처 주는 말을 듣지 않기 위해 타인을 피하는 것보다, 어떤 말이라도 받아들이고 긍정적인 결과로 이끌 수 있는 마음의 힘을 갖는 편이 더 낫다. 결국 자신의 발에 비단 천을 대는 것은 '독설을 잘 받아들이는 일'과 같다.

"당신의 인생을 바꾼 한마디는 무엇입니까?"라는 주제로 이야기

나눈 적이 있다. 나는 대부분의 사람들이 따뜻하고 감동적인 말을 꼽을 거라 생각했다. 하지만 예상은 완전히 빗나갔다. 열네 명의 참석자 중 아홉 명이 자신에게 상처를 준 독설을 인생을 바꾼 한마디로 꼽았다.

30대 중반의 한 남성은 초등학교 때 친구에게 들은 말을 아직도 기억하고 있었다. 초등학생 때 공부를 잘했던 그는 중학교에 들어가면서 성적이 떨어졌고, 그런 그에게 친한 친구가 말했다.

"초등학생 때는 네가 신처럼 느껴졌는데 지금 보니 별 거 아니네!"

자존심을 건드는 말을 듣고 매우 마음이 상한 그는 '내가 이 친구보다는 좋은 성적을 받아야겠다.'는 일념으로 이를 악물고 공부했다. 덕분에 그는 성적이 올랐고 좋은 대학에 진학할 수 있었다.

40대 여성의 이야기도 인상 깊었다. 20대 초반에 첫 직장에 입사한 그녀는 일에 대한 별다른 열정도, 직업의식도 없었다. 그저 돈을 벌기 위해 주어진 일을 할 뿐이었다. 그런 그녀를 본 한 선배가 "너 그냥 회사 때려치워라."라고 따끔하게 말했다. 그 말을 듣는 순간 그녀는 정신이 확 들었다. 앞으로 인생을 살면서 그런 말은 두 번 다시 듣지 않겠노라고 결의를 다졌다. 그 후 그녀는 적극적으로 일했고 지금은 회사에서 유일한 여성 리더가 되었다.

한 60대 남성은 오랜 투병 생활의 영향인지 어느 순간부터 목소리가 잘 나오지 않았다. 그래서 이비인후과에 갔더니 의사가 들여다 보고 성의 없는 말투로 "이건 약 먹어서 치료되는 것도 아니에요. 그냥 말하지 말고 사세요."라고 하더란다. 당사자에게는 인생의 큰 문제인데 그것을 별일 아닌 듯 말하는 의사의 태도에 그는 큰 충격을 받았다. 그래서 병원을 나와 다음 날 무작정 산에 올라갔다. 산에서 그는 몇 날 며칠 고래고래 소리만 질렀고 거짓말처럼 목소리가 다시 돌아왔다.

이들은 독설에 상처 받고 스스로를 못난이 취급하는 대신, 자신이 발전할 수 있는 전환점으로 삼았다는 점에서 비단신을 신은 사람들이다. 여기서 주목할 점은 독설을 긍정적인 자극제로 삼느냐 아니냐의 문제에 앞서, 일단 독설을 받아들이느냐 받아들이지 않느냐 하는 것이다. 독설을 받아들인다는 의미는 상대의 독설을 인정한다는 뜻이 아니라 비난의 말을 피하지 않고 대면한다는 의미이다. 어떤 말이든 그것을 듣는 일, 즉 받아들여야 다음 단계도 가능한 법이다. 그 독설이 가치 없는 단순 비방이라면 공을 받아치듯 다시 쳐내면 될 것이고, 나의 단점에 대한 따끔한 충고라면 자극제로 삼아 긍정적인 결과를 만들어내면 될 것이다. 위의 세 사람은 독설을 받아들인 다음, 그 독설이 틀렸단 것을 긍정적인 결과로 증명했다.

독설을 받아들인다는 건 독설이 주는 감정적 고통을 저항 없이 받아들인다는 의미이다. 불안, 두려움, 좌절감 등 아무리 부정적인 감정이라도 있는 그대로를 받아들이는 것이 마음의 평화를 위한 첫 걸음이다. 감정이란 피하려고 애쓰면 애쓸수록 저항이 커져서 더욱 마음에 들러붙기 때문이다. 외면하려 애쓰면 집착과 괴로움이 점점 커지지만, 받아들이려 애쓰면 당장은 괴로워도 차츰 고통이 누그러진다. 비단신을 신고 걷는 마음으로 독설이든 조언이든 충고든 일단 타인의 말을 받아들인다면, 듣지 않으려고 애쓰고 거부할 때보다 오히려 마음이 편안해짐을 느낄 수 있다. 그다음에 그것을 긍정으로 바꾸는 건 자신의 추가적인 노력이다.

)

두려움을 이겨내는 말

불교 관련 TV 프로그램을 진행했을 때 위빠사나를 배웠다. 불교에서 말하는 '위빠사나(Vipassanā, 觀)'는 '알아차림' 혹은 '마음챙김'이라고도 불리는데, 쉽게 말해서 일어나는 생각이나 감정을 없애거나 바꾸려 하지 않고 그대로 지켜보고 지나가게 하는 수행법이다. 마음의 고요한 자리에 머물며 그저 내면에서 일어나는 모든 것을 지켜보는 일이다. 마치 극장 관객석에 앉아 마음이라는 무대 위에 배우들이 올라와 한바탕 춤을 추고 퇴장하는 것을 가만히 보는 일과 같다. 절대 무대 위로 올라가 개입해선 안 된다.

사전에서 설명하는 위빠사나란 '세간의 진실한 모습을 본다.' 혹은 '분석적으로 본다.'는 뜻인데, 여기서 말하는 분석이란 편견이나 욕구를 개입시키지 않고 현상을 현상 자체로 본다는 뜻이다. 즉 고요한 상태(Samatha, 止)에 들어선 후, 끊임없이 변화하며 생성, 소멸하는 대상을 있는 그대로 관찰하는 수행을 말한다. 위빠사나는 초기 불교 때부터 중요시된 수행이자, 붓다가 궁극적인 깨달음을 얻은 수행법이기도 하다.

이렇게 있는 그대로 관찰하고 알아차리면 그것이 자연스럽게 지나간다. 강물이 위에서 아래로 흐르듯 마음의 불안이나 근심도 일어났다가 사라질 때가 되면 사라지는 게 자연스러운 이치다. 그것을 흘러가지 못하게 붙잡는 것은 언제나 우리 자신이다. 많은 사람들 앞에서 말을 할 때도 '떨지 말자. 떨면 안 돼.' 하고 떨리는 마음을 그렇지 않은 마음으로 바꾸려 하는 것 자체가 떨림에 밥을 주는 꼴이다. 밥을 실컷 받아먹은 떨림이라는 괴물은 점점 덩치가 비대해져 내 말을 망치려 든다. 괴물에게는 애초에 밥을 주면 안 된다. 위빠사나로 대처하면 그만이다. 떨리는 감정이 내 마음의 무대 위에서 제멋대로 날뛰다가 퇴장하는 것을 한 발짝 물러서서 그저 지켜보는 것. 이것이 가장 좋은 대처법이다.

사람들 앞에 섰을 때 떨린다면 마음속으로 이렇게 위빠사나 하라.

'지금 내 마음이 긴장하고 있다. 떨고 있다. 심장은 쿵쾅쿵쾅 요동치고 식은땀이 흐르고 머릿속은 하얗게 굳었다.'

마음에서 일어나는 현상을 마치 텔레비전을 보듯 바라보면서 설명하면 된다. 그리고 준비한 내용을 떨려도 그냥 발표하면 된다. 당장 안 떨리게 하는 건 힘들지만, 자신이 떨고 있다는 것을 '알아차림'으로써 마음에서 일어나는 감정에서 한 발짝 떨어져 안전지대에 머물게 할 수는 있다. 이 안전지대가 '참나'이다.

떨리는 감정을 나 자신이라고 착각하지 말아야 한다. 나는 나의 근본적 자아이지, 일어났다 없어져버리는 떨리는 감정이 아니다. 나는 호수 전체이지 호수의 수면이 아니다. 수면 위로 '떨림'이라는 돌멩이 하나가 떨어지면 수면에 파장이 일뿐 호수 아래 깊은 곳은 여전히 고요하다. 나는 작은 돌멩이 하나 정도는 아무렇지도 않게 받아들이고 무시할 수 있는 호수 전체인 것이다. 모든 파장은 처음에 강한 듯 보여도 시간이 지나면 점점 잠잠해지는 법이다.

'마음'은 결코 내가 아니다. 마음과 나를 동일시했을 때 '내가 왜 이러지? 난 바보야.' 하고 자신의 자아 전체를 비난하게 된다. 그 대신 이렇게 말하라.

"나는 편안하게 발표하고 싶은데 내 마음은 내 의지와 상관없이 떨고 있구나. 하지만 마음이 떨더라도 나는 상관하지 않겠다. 나는 내가 준비한 이야기를 차분하게 하겠다."

당신은 떨림보다 위대한 존재란 걸 잊지 말라.

한 스님이 법회를 앞두고 너무 떨려서 마음속으로 계속 위빠사나를 했다. 법회가 시작됐고 스님은 단상에 올랐다. 떨림은 최고조에 달했고 스님은 더욱 위빠사나에 집중했다. 너무 집중한 나머지 스님은 머릿속으로만 외쳐야 하는 말을 자신도 모르게 입 밖으로 내뱉고 말았다.

"떨린다, 떨린다, 법회를 하려니 내 마음이 무척 떨리는구나. 내 마음이 지금 떨고 있음을 지켜봅니다. 내 마음이 떨고 있다. 떨고 있다. 떨고 있다…."

순간 모두가 침묵하며 스님의 말에 귀 기울였다. 정적이 흘렀다. 잠시 후 누군가 침묵을 깨고 큰 박수를 쳤다. 곧 우레 같은 박수가 여기저기서 터졌다. 사람들은 감동하여 스님에게 말했다.

"위빠사나에 대해 참 많은 가르침을 들었지만 마음으로 잘 와닿지 않았습니다. 그런데 지금 스님의 말씀을 들으니 이제야 위빠사나가 무엇인지 제대로 알 것 같아요!"

~

고통을 덜어내는 말

이야기된 불행은 불행이 아니다. 그러므로 행복이 설 자리가 생긴다.

- 이성복,《네 고통은 나뭇잎 하나 푸르게 하지 못한다》

2013년 2월 15일자 〈중앙일보〉에 실린 가수 한영애의 인터뷰에서 "노래란 뭘까요?"라는 질문에 그녀가 답했다.

"정화제? 마음의 주름진 것을 다 펴잖아요. 소리를 낸다는 건 자기를 한번 털어내는 거예요. 저는 많은 분들에게 노래하는 걸 권해요."

노래에 평생을 바친 사람의 심지가 느껴지는 답변이었다. 자기를 한번 털어내는 것이 노래라는 그녀의 말에 우리가 이야기를 하는 이유 또한 그것과 비슷하단 생각이 들었다. 강아지가 물에 젖으면 파르르 몸을 흔들어 물기를 털어버리는 것처럼, 사람도 마음이 물에 젖으면 흔들어 털어버리고 싶지 않을까? 그러기 위해 친구를 붙잡고 소주 한잔에 넋두리를 담고, 커피 한잔에 수다를 담아 나누는 것일 테다. 마음속 군더더기 싹 씻어내고 알맹이 가슴만 남기기 위해서.

고통은 말이 되어 몸 밖으로 나왔을 때 더 이상 고통이 아닌 것이 된다. 나 자신과 하나라고 여겨졌던, 자아에 엉겨 붙어 있던 고통을 탈탈 털어 몸 밖으로 끄집어내면 비로소 '나는 나, 고통은 고통'이 되는 것이다. '고통의 타자화(他者化)'라고 할 수 있다.

모임에서 만난 한 60대 남성분이 오래 기억에 남는다. 그에게 있어서 말을 한다는 건 고통을 털어내는 몸부림이었다. 어느 날 그는 회원들에게 이렇게 감사의 인사를 전했다.

"저는 요즘처럼 행복한 때가 언제였던가 싶습니다. 10여 년 동안 암 투병생활을 하면서 몸뿐만 아니라 마음도 피폐해졌습니다. 무력감과 지독한 우울증이 저를 괴롭혔고 심한 대인기피증도 생겼습니다. 사람이 서너 명만 모여 있어도 말을 하려고 하면 떨려서 서 있을 수조차 없었습니다. 예전에 사업을 할 때는 수많은 직원들에게 지시를 내리고 격려도 하며 카리스마 있게 리드했는데, 그때의 제 삶이 마치 꿈속 이야기처럼 아득하게만 느껴졌습니다. '바보 같은 나만 남았구나.' 그렇게 자책만 하다가 어느 순간엔 이렇게 살아선 안 되겠단 생각이 들었습니다.

　자신감 있던 제 모습을 찾고 싶었습니다. 늦은 나이지만 용기를 내어 '말'할 수 있는 이 모임을 찾았습니다. 사람들에게 저의 불안한 심정을 남김없이 털어놨습니다. 이곳의 많은 분들이 제게 희망을 주셨습니다. 병을 고치는 심정으로 매일 모임에 나왔습니다. 하루, 이틀, 한 달, 두 달… 고통스러웠던 대인공포증에서 차츰 벗어나기 시작했습니다. 석 달째인 지금, 우울증에 시달리던 무력한 저는 이제 없습니다. 저는 자신감을 회복했습니다. 제 인생도 되찾았습니다. 저는 말을 잘하려고 이곳에 온 게 아닙니다. 단지 사람들 앞에서 자신감 있게 나를 드러내고, 내 삶의 주인으로서 살아가고자 이곳에 왔습니다. 저도 여러분처럼 이 땅 위에 두 발 딛고 서 있는 당당한 존재로 다시 태어나고 싶었던 겁니다. 모임에 참석해서 사람들을 만나고 그들에게 힘들었던 나의 지난날을 털어놓는 건 저 자신을 치료하는 과정이었습니다. 지금은 몸도 마음도 건강합니다. 요즘은 세상이 완전히 다르게 보입니다."

　말을 하는 것, 노래를 하는 것, 춤을 추는 것. 이 모든 것들은 자기를 '툭' 하고 한번 털어내는 일들이다. 때론 말이라는 것이 그렇다. 무슨 말을 하느냐, 무엇을 얼마나 잘 말하느냐가 새의 눈곱만큼도 중요하지 않을 때가 있다. 말을 한다는 그 자체로, 그냥 그렇게 자신의 내면에 든 말들을 몸 밖으로 끄집어낸다는 것만으로 다시 태어나는 경험을 할 때가 있다. 정말 그럴 때가 있다.

~

상대와 눈을 맞출 수 있는 말

드라마 '별에서 온 그대'에서 심리학 교수 도민준이 '스킨십의 심리 학'이란 주제로 강의를 했다.

도민준 미국의 저명한 심리학자 해리 할로는 실험을 했습니다. 인 간과 유전자가 95% 비슷한 붉은 털 원숭이 새끼를 어미에 게서 떼어놓고 두 개의 원숭이 인형이 있는 방에 가둔 겁 니다. 한 인형은 철망으로 만들어진 몸에 젖병을 매달았고 다른 인형은 부드러운 천으로 감쌌습니다. 젖병을 매달지 않았죠. 새끼 원숭이는 두 인형 중 어느 인형을 더 선호했을까요?

학생 젖병이 있는 인형이요.

도민준 실험 전 예상도 새끼 원숭이가 젖병이 매달린 인형을 선호할 거란 것이었습니다. 하지만 그 예상을 깨고 새끼 원숭이는 부드러운 천 원숭이에 강한 애착을 느꼈습니다. 이를 통해 증명된 게 바로 스킨십의 중요성이죠. 눈 맞추기 역시 간접적인 스킨십이라고 할 수 있는데 사람은 좋아하는 상대와 눈을 마주치면 뇌 속 신경물질인 도파민이 나와서 기쁨이 고조됩니다.

실제로 심리학자 해리 할로(Harry Harlow)는 이 실험을 통해 스킨십에 대한 이론을 확장시켰다. 대사 중 마지막에 언급된 '눈 맞추기'가 인상 깊다. 일대일 대화든 일대다 발표든 '아이 콘택트(eye contact)'가 가져오는 효과를 정확하게 설명하고 있다. 신체 스킨십이 우리의 정신과 몸의 건강에 긍정적인 영향을 미친다는 것은 워낙 잘 알려진 사실이라 놀랍지 않지만, 눈빛을 마주치는 눈빛 스킨십 역시 긍정적 효과를 일으킨다고 하니 놀랍다.

눈빛은 생각, 감정, 영혼을 전하는 매우 신비한 매체다. 말을 할 때

서로 눈빛을 교환하면 짧은 시간을 함께하더라도 상대와 더욱 깊고 친밀하게 교감한 기분을 느낄 수 있다. 일대일 대화는 물론이고, 많은 사람들 앞에서 말할 때도 그렇다. 수십, 수백 명의 사람들 앞에선 힘들겠지만 열 명 내외의 사람들 앞에서 이야기를 할 때는 한 명씩 골고루 아이 콘택트를 하는 게 좋다. 허공의 어느 지점에 시선을 고정한 채 이야기를 해도 내용 전달에는 문제가 없겠지만 인간적 교감을 이루기는 힘들다.

면접처럼 한 사람이 여러 사람을 보며 이야기해야 할 때는, 골고루 눈을 맞추어야 한다. 보통 이야기를 하다 보면 자기도 모르게 한 사람과 아이 콘택트를 하게 되는데, 그것보다는 되도록 모두와 균등하게 눈 맞춤을 하는 것이 좋다.

하지만 눈을 바라보는 걸 어색하게 여기는 사람들이 많은 것 같다. 사실 나 또한 눈을 바라보는 게 쑥스러워서 아이 콘택트에 약한 편이다. 눈 맞춤이 어색하고 힘들 때는 상대의 두 눈썹 사이 지점인 미간이나 코를 바라보는 것도 좋은 방법이다.

영화 '아바타'에서 판도라 행성의 나비족들은 서로에게 "I See You."라고 말한다. 당신의 내면을 본다는 의미인데 나비족들은 이 말을 할 때 반드시 상대의 눈을 바라본다. 우리가 눈을 바라보며 이야기하는 것 역시 나비족처럼 상대방의 진실한 내면과 소통하겠다는 상징적인 행위로 봐도 무방하다. 눈빛은 마음이 오가는 보이지 않는 통로다. 소통을 위해 그 통로를 열어야 한다. 따뜻한 말 한마디를 건네더라도 따뜻한 시선 위에 얹어 건넸을 때 그 따뜻함은 극대화된다. 살과 살을 맞대는 포근한 스킨십이 빠진 사랑이 무언가 어색하듯, 눈과 눈을 맞추지 않는 대화 역시 어색한 것이다. 아이 콘택트는 영혼과 영혼의 살이 닿는 농도 짙은 스킨십이다.

〜

가슴을 뜨겁게 하는 말

대학생 때 강연 듣는 걸 좋아했다. 한 분야에서 일가를 이룬 사람의 성공 스토리나 역경을 극복한 이야기도 좋고, 철학이나 인문학 강연도 좋았다. 마음을 비워주는 신부님의 강론도 좋고, 평범한 사람들의 인생사도 좋았다. 그래서 기회가 될 때마다 여기저기 발품을 팔며 꽤 많은 강연을 들었다. 말 잘하기로 유명한 달변가의 강연, 이 시대 최고의 지성으로 칭송받는 학자의 강연, 정신적 스승이라 불리는 종교 지도자의 강연 등을 들었다. 그중에서 내 영혼을 뒤흔든 강연을 단 하나만 꼽는다면 산악인 엄홍길의 강연이다.

사실 산악인 이야기에 별로 관심도 없었고 엄홍길 선생에 대한 특별한 '팬심'도 없던 터라 기대 없이 자리에 앉았다. 그는 자신이 산에서 겪은 여러 가지 에피소드를 하나하나 풀어놓았다. 홀로 조난당했던 일, 눈사태를 맞아 죽을 뻔했던 일, 완등을 코앞에 두고 하산해야 했던 일, 동료의 죽음을 눈앞에서 지켜봐야 했던 일. 그중에서도 등산 중 추락해 다리가 180도 꺾여 돌아갔던 이야기는 아직도 생생히 기억난다. 완전히 꺾여 덜렁거리는 다리를 질질 끌고 며칠을 기어서 결국 완등했다는 이야기를 들을 때, 나는 그의 이야기에 완전히 몰입하고 있었다.

엄홍길의 이야기는 힘이 셌다. 다른 강연에서 느끼지 못한 뜨거움을 주었다. 어떻게 그럴 수 있었을까? 그가 결코 달변가는 아니었는데 말이다. 사실 연사로서 엄홍길은 발성도 발음도 좋은 편이 아니었고 제스처가 화려하지도 않았다. 하지만 그의 이야기는 사람들의 마음을 움직였다.

자신이 직접 겪은 일을 말하는 것. 이것이 그가 청중의 마음을 사로잡은 비결이었다. 엄홍길은 '포기하지 말라.' '도전하라.' '희망을 가져라.' 같은 직접적인 조언은 거의 하지 않았다. 관념적인 사상을 말하는 대신 자신의 몸으로 직접 겪은 것만 말했다. 그의 이야기 속에서 나는 스스로 메시지를 찾고 있었다. 포기하지 않는 집념의 위대함, 도전의 가치, 멈추지 않는 희망에 대해 생각하고 스스로 가슴에 새겨 넣었다.

엄홍길의 강연을 듣고 난 후, 좋은 강연에 대한 생각이 완전히 바뀌었다. 그 전에는 '무엇을 어떻게 하라.'는 식의 직접 떠먹여주는 강연을 좋아했지만, 이제는 '나는 이런 걸 겪었다.'라고 본인의 경험을 들려주고 그 안에서 내가 직접 깨달음을 찾아낼 수 있게 해주는 강연을 선호하게 됐다. 좋은 강연이란 청중 스스로가 자신을 돌아보고 생각하게 함으로써 답을 찾게 하는 것이 아닐까?

하늘 아래 새로운 건 없다고 하지만, 내가 직접 겪은 일만큼은 세상에서 유일하게 새로운 콘텐츠다. 인생에서 겪은 체험담은 오직 자신만이 할 수 있는 이야기다. '등산'이라는 평범한 주제일지라도 등산을 하며 내가 느꼈던 감정이나 함께했던 사람들과의 추억은 나만의 것이기에 그런 이야기를 한다면 듣는 이에게 감동을 줄 수 있다. 관념적이거나 추상적인 말보다 직접 겪거나 느낀 구체적인 말이 더 힘 있는 말이다. 이런 말은 희귀성을 지니기 때문에 가치가 있다. 위대한 철학자의 명언보다 고난을 극복해낸 당신만의 스토리가 누군가에게 더 큰 힘이 될 수 있다.

듣는 이의 영혼을 흔드는 말은 화려한 말, 권위 있는 말, 가르치려 하는 말이 아니라 삶을 살아낸 말이다.

∫

깊고 담백한 말

군자의 사귐은 담담하다.

– 노자 老子

삐—삐—삐—

당신이 옷가게를 나오는데 도난 방지기가 요란하게 울린다. 당신은 옷을 훔치지 않았는데 누구의 장난인지 당신 가방에서 옷이 나온 것이다. 당신의 반응은? 결백을 주장하며 아니라고 말할 것이다.

"진짜로 제가 안 훔쳤어요. 진짜라니까요! 미치겠네. 하늘에 맹세코 저는 훔치지 않았다니까요!"

당황한 당신은 많은 부사와 강조어를 사용할 가능성이 높다. 하지만 어쩐지 그럴수록 당신은 진짜 도둑 같다. 결백을 주장할 때는 지나친 강조가 오히려 불신을 주는 법.

"저는 물건을 훔치지 않았습니다. 누군가 장난을 친 것 같습니다."

단호하면서도 간결하게 말하는 편이 낫다. "진짜, 진짜, 진짜, 진~짜! 제가 안 훔쳤어요."라고 말한다고 '진짜'의 수만큼 결백이 보장되는 건 아니다.

사랑하는 연인에게 고백할 때도 마찬가지다. "사랑해."와 "진짜 사랑해." 중에 어떤 말을 택하겠는가. 물론 상황에 따라, 상대의 성향에 따라 다르겠지만 수식어 없는 담백한 "사랑해."가 어쩐지 더 미덥고 진솔하게 느껴진다. "진짜 사랑해."라고 말하는 저 사람 마음안에는 가짜 사랑도 있을 것만 같다. 언어의 아이러니란! 짓궂은 게 말이라 꾸미려고 하면 할수록 진정성은 떨어진다. 시나 소설, 에세이처럼 수사를 사용함으로써 예술성을 높이는 문학의 언어를 제외하고는, 우리의 일상어는 담백해질 필요가 있다.

요리를 생각해보자. 음식을 만들 때 재료 본연의 맛을 살리기 위해서는 각종 양념과 조미료, 향신료를 자제해야 한다. 맛있는 음식을 만들겠다는 의욕에 차서 이것저것 좋다는 것들을 잔뜩 첨가하면 조잡스러운 맛이 난다. 노래도 비슷하다. 화려한 애드리브를 구사하는 가수를 좋아하는 사람도 있지만 기교 없는 정갈한 창법은 취향을 떠나서 많은 사람들에게 감동을 준다. 요리 고수들이 담백한 음식을 만드는 것처럼, 노래 잘하는 가수가 기교 부리지 않고 담담하게 노래하는 것처럼, 말의 고수들 또한 담백하게 말한다.

《나의 문화유산 답사기》 시리즈를 쓴 유홍준 교수는 한 매체와의 인터뷰에서 좋은 글에 대한 물음에 이런 대답을 내놓았다.

"좋은 글이란 쉽고, 짧고, 간단하고, 재미있는 글입니다. 멋 내려고 묘한 형용사 찾아 넣지 마십시오. 글맛은 저절로 우러나는 것입니다. 치장한 글은 독자가 먼저 알아봅니다."

말도 글과 마찬가지다. 영혼을 울리는 말은 멋 부리고 꾸민 말이 아니라 가슴으로부터 저절로 우러난 담백한 말이다. 자신을 가득 채운 생각이나 감정을 어떻게든 잘 표현하려는 조바심이 들 때, 그럴수록 차라리 미사여구를 버리자. 귀한 선물일수록 포장은 정갈하게 할 일이다.

)

영혼을 감싸주는 말

나의 말이 상대의 영혼에 가닿기 위해서는 상대를 향한 관심이 선행
되어야 한다. 다음은 드라마 '대장금'의 한 장면이다. 어린 장금이가
궁에 들어가 교육을 받는 장면이 있다.

한상궁 　물을 떠 오너라!

장금 　…

한상궁 　물을 떠 와.

장금 　어찌하여 자꾸 물을 떠 오라고 하십니까? 따뜻한 물도
　　　안 되고, 찬물도 안 되고, 나뭇잎을 띄워도 안 되고….

한상궁 너는 이미 알고 있느니라!

장금 …?

한상궁 어찌하여 흙비를 끓였더냐?

장금 어머니께서 그리 하시는 것을 보았기에….

한상궁 어머니는 왜 그리 하셨느냐?

장금 혹 제가 어디 아플까 염려하시어…. (하다가 말을 멈춘다.)

한상궁 …

장금 (더 생각하다가 뭔가 생각이 난 듯 눈빛이 반짝이고) 아!!

한상궁 물을 떠 오겠느냐?

장금 (기쁘고 흥분한 표정으로) 혹 아랫배가 아프시진 않으신지요?

한상궁 아니다.

장금 혹 오늘 변은 보셨는지요?

한상궁 보았다.

장금 혹 목이 아프지는 않으신가요?

한상궁 원래 목은 자주 아프구나.

조르르 나가는 장금. 컷.

들어오는 장금. 김이 약간 나는 따뜻한 물을 들고 들어온다. 한
상궁에게 올린다.

한상궁 (한 모금 마셔 보고 흡족한 듯 장금을 본다.)

장금 따뜻한 물에 소금을 아주 조금 넣었습니다. 한 번에 들이
켜지 마시고 차처럼 천천히 드세요.

한상궁 그래 고맙다.

장금 …

한상궁 어머니께서 물 한 사발 주시면서도 그리 많은 것을 물어
보시더냐?

장금 …예에! 아랫배는 차지 않은지, 목은 아프지 않은지, 꼬
치꼬치 물으시고는 찬물을 주기도 하시고, 따뜻한 물을
주기도 하시고, 단물을 주기도 하셨습니다.

한상궁 그래! 바로 꼬치꼬치 묻는 것, 그게 내가 너에게 물을 떠
오라 한 뜻이다.

장금 …

한상궁 음식을 하기 전, 먹을 사람의 몸 상태와 좋아하는 것 싫
어하는 것, 받는 것과 받지 않는 것. 그 모든 것을 생각하
여 음식을 짓는 마음, 그게 요리임을 얘기하고 싶었다.

장금 …

한상궁 허나 너는 어머니를 통해 이미 알고 있구나. 너의 어머니
는 참으로 훌륭한 분이다.

장금 (어머니의 말을 꺼내자 눈물이 흐르고)

한상궁 어머니께서는 '물도 그릇에 담기면 음식인 것'을 알고 계신 분이다. 또 그것이 음식이 되는 순간에 먹는 사람에 대한 배려가 제일임을, '음식은 사람에 대한 마음'임을 알고 계신 분이었구나!

출처: 김영현, 《대장금 오리지널 시나리오》, 커뮤니케이션북스, 2004

상대를 향한 진심 어린 관심. 타인의 마음에 다가가는 이보다 좋은 길이 또 있을까. 장금이의 어머니가 좋은 음식을 만들 수 있었던 것은 요리 솜씨가 좋았기 때문만은 아니었다. 상대를 향한 따뜻한 관심은 손으로 만드는 요리든 입으로 뱉는 말이든 자신으로부터 비롯되는 모든 것에 사랑을 담기게 한다. 그런 요리, 그런 말은 상대의 영혼을 움직인다. 상대가 진정 원하는 것이 무엇인지, 그가 가슴속에 고이 품은 꿈은 무엇인지, 그가 바라는 행복의 근원은 무엇인지 살피는 말. 마음에서 우러난 이러한 관심의 말 한마디가 상대의 영혼을 따뜻하게 안아준다.

77

)

향기를 품은 말

'시스루 룩(see-through look)'이라는 패션 용어가 있다. 얇고 비치는
소재로 만든 옷으로, 입으면 속살이 희미하게 비쳐서 섹시한 분위기
를 자아낸다. 다 드러내는 것보다 살짝 감췄을 때 극대화되는 아름
다움. 얇은 천 뒤로 슬쩍슬쩍 비치는 백옥의 살결은 노골적이지 않
으면서 은은한 청초미를 풍긴다.

조금 가려진 것들이 더 아름답다는 생각을 자주 한다. 명백한 것
들은 더 이상 설렘을 주지 않는다. 활짝 핀 꽃보다 터질 듯 말 듯한,
금세라도 툭하고 꽃망울을 피울 것 같은 꽃봉오리가 더 아름답다.
그 아슬아슬한 긴장감. 꽃봉오리를 보고 있으면 아름다움의 모든 경

우의 수가 그 안에 머금어져 있는 듯 묘한 상상력이 일어난다. 이미 정상에 오른 톱스타보다 무한한 꿈을 가슴에 품은 신인 배우가 더 매력적이고, 연인에 대해 모든 것을 속속들이 아는 것보다 알 듯 말 듯 궁금한 과거 한두 개쯤 있는 게 더 매력적이다.

말도 그렇다. 시스루 룩처럼 감정이라는 속살을 노골적이지 않고 은은하게 드러내는 말이 더 아름답다. "당신이 와줘서 날아갈 듯이 기쁩니다."라고 감정의 속살을 확 드러내는 것보다 "당신이 와줘서 바다가 더 푸르러 보입니다."라고 말하는 게 더 세련된 감정표현이다. "나 지금 너무 부끄러워."란 직접적인 표현보다 "나 오늘 밤에 이불에 대고 발차기할 것 같아."란 표현이 더 재미있다. 이런 말하기에 '시스루 화법'이라고 이름을 붙여봤다.

시스루 화법의 절정은 단언컨대, 시다. 시는 인간의 감정을 숨기는 듯하면서, 더욱 극대화시켜 드러낸다. 이 아름다움은 문학 이상의 것이며, 시야말로 언어의 연금술이라 할 수 있다. 시는 언어를 단지 의사소통의 도구가 아닌 예술로 격상시키는 무엇인데, 그렇기 때문에 시처럼 말한다는 건 말의 최고 경지에 이른 자만이 할 수 있는 것이다. 또한 시처럼 말한다는 것은 그 말이 상대방의 영혼에 가닿는 걸 의미한다. "발표를 하려고 무대에 서니 너무 떨립니다."라고 말하는 대신 "사시나무가 떠는 걸 본 적은 없지만 지금 이 무대에 서니 알 것 같군요."라고 말하는 것이 시적인 표현이다. 이런 말을 하는 이는 감정의 알맹이를 얇은 종이로 한 번 감싼 후 청중에게 건네는 매너 좋은 신사 같다.

∫

나를 세상에 드러내는 말

내가 생각하는 성공이란 당신이 자기 자신을 보살필 수 있다 느끼고 다른 사람으로

변신할 필요도 없을 때, 자기 자신에 대해 거짓말을 할 필요가 없을 때이다. 자신을 더

이상 문밖에 세워둘 필요가 없을 때, 우리는 진정 성공한 삶을 살고 있는 것이다.

- 틸다 스윈튼Tilda Swinton

우리는 왜 말을 잘하고 싶은 걸까? 좋은 말이란 어떤 것일까? 왜 말

하는 법을 굳이 배우려 하는 걸까? 10년 동안 이런 의문이 계속되는

건 이상한 일이었다. 왜냐하면 그에 대한 답을 이미 알고 있기 때문

이었다. 사람들은 학교나 회사에서 발표를 잘해내고, 일상생활에서

인간관계를 잘 꾸려나가기 위해 말을 훈련하고 잘하려고 애쓰는 것이다. 알고 있지만, 그래도 무언가 다른 이유가 더 있을 것만 같은 기분. 그게 뭘까?

사람들 앞에서 내 생각을 '잘' 말하려고 애쓰는 이유, 그것은 자신의 존재를 표현하고자 하는 인간의 근본적인 욕구이다. 우리는 자신이 생각하는 것과 느낀 것들이 마음 안에 가득 찼을 때 그것을 밖으로 쏟아내고 싶어 한다. 물 잔에 물이 가득차면 넘쳐흐르는 것처럼 말이다. 그래서 글을 쓰고 그림을 그리고 음악을 만들고 춤을 추고 말을 하는 식으로 자신의 생각과 감정을 분출한다. 그렇다면 세 가지 의문 중 일단 첫 번째는 답을 찾은 것 같다. 우리가 말을 잘하려고 하는 이유는 자신의 생각과 감정을 제대로 표현해내고, 자기의 존재를 세상에 적절한 방식으로써 외치고자 하는, 바로 그것이다.

"좋은 말이란 무엇일까?"에 대한 답은 첫 번째 의문이 풀린 이상 어렵지 않게 나온다. 자신의 존재를 표현하기 위해 말을 한다고 했으니, 당연히 좋은 말이란 '나다운' 말이다. 누구의 생각도 아닌 오직 나 자신의 생각을 말할 줄 알고 누구의 스타일도 아닌 오직 나만의 스타일로 나답게 말하는 것. 오롯이 나 자신을 드러내는 말이 좋은 말인 것이다. 상대방에게 잘 보이려고 자신을 꽁꽁 포장하는 대신 자신의 결점, 상처, 후회, 실패까지 꾸밈없이 드러낼 줄 아는 사람. 그 사람은 화려한 언변을 가진 사람보다 진정으로 말을 잘하는 사람이다.

마지막으로 사람들이 굳이 말하기 연습을 하는 이유 역시, 말을 잘하고 싶은 이유와 같을 것이다. 그런데 복식호흡을 배우고 발성, 발음을 연습하고 서론-본론-결론에 맞게 말하는 법을 가르치는 많은 화술 수업은 과연 나다운 말을 위한 것일까, 아니면 공식에 맞는 말을 하기 위한 것일까?

결점을 제거하는 것에 초점을 맞추는 것이 보통 화술 교육 방식이다. "당신은 시옷 발음이 새니까 시옷 발음을 연습해야 합니다." "당신은 목소리가 너무 작고 복식호흡이 안 되고 있어요." 같이 모범적 틀에 맞지 않는 것을 고치라고 한다. 하지만 시옷 발음이 좀 새도 괜찮지 않나? 그것도 그 사람의 개성 아닌가? 좀 웅얼거리듯 말하는데도 굉장히 집중되는 발표도 있던데? 또박또박 논리정연하게 자신의 생각을 말하는 것이 말의 모범답안이지만 분명 그 틀에 완벽히 부합하는 말을 들었음에도, 마음이 움직이지 않았던 건 왜일까? 그런 말하기는 과연 좋은 말하기일까?

개성이 없는 말은 영혼이 없는 말이다. 사람의 영혼을 움직이는 말은 정해진 규격에 맞는 말이 아니라 '나 자신'이 가장 잘 묻어나는 말이다. 그러기 위해선 자신에 대해 스스로가 잘 알아야 한다. 자신에 대해 솔직한 사람은 자신의 생각을 꾸며내거나 검열하지 않고 솔직하게 말한다. 이런 말만이 사람의 마음에 깊은 감동을 준다. 그러므로 말 교육은 그 사람의 개성을 지우고 획일화로 나아가는 게 아니라 개성을 찾아주고 극대화시키는 과정이 되어야 한다.

나다운 말이 좋은 말이다.

∫

분노를 다스리는 말

몰입, 리셋, 위빠사나 수행… 앞서 갖가지 마음 운영법을 총동원하면서 '마음의 평온'이 중요함을 이야기했다. 하지만 몰입, 리셋, 위빠사나를 해도 '그것'이 남아 있는 한 절대 평온은 있을 수 없다. 그것은 이름하여 '분노'다. 영화 '분노의 윤리학'에서 사채업자 명록이 부하와 나누는 대화다.

명록 민태야, 우리 인간의 감정 중에는 말이야. 희로애락이라는
게 있잖아. 기쁨, 분노, 슬픔, 쾌락. 넌 이 중에 뭐가 제일
중요할 것 같냐? 뭐가 제일 형님 같아?

부하 아무래도… 쾌락 아닐까요?

명록 아니에요. No~ 분노가 제일 형님이야. 우리가 화가 나잖냐? 그러면은 기뻐지지도 않고 슬퍼지지도 않고 즐거워지지도 않아요. 그런데 반대는 돼. 네가 돈을 많이 벌었다 쳐. 아이고 좋지~ 그런데 옆에 놈이 더 벌었어. 그럼 화가 나니, 안 나니? 자, 기르던 개가 있어. 그런데 차에 치여 죽어버렸어. 아이고 슬프지~ 그런데 그 개 친 놈을 생각해봐. 화가 나니, 안 나니? 자, 또 네가 노래방에 가서 즐겁게 노래를 막 불러. 아이고 신나~ 그런데 서비스를 안 줘. 그러면 화가 나니, 안 나니? 무지하게 난다 너~ 그러니까 말이야. 우리 인간의 감정 중에는 분노가 제일 대빵이다 이거야. 고로 인간은 분노만 잘 다스리면 마음을 다~ 다스리는 거다 이거예요!"

세계적으로 잘 알려진 정신적 스승 틱낫한 스님도 저서 《화》를 통해 화가 나면 다른 감정들을 느끼기 힘들다고 말했다. "분노만 다스릴 수 있으면 마음을 다 다스릴 수 있다."라는 명록의 대사는 새겨들을 가치가 충분하다.

분노를 다스린 후에 말할 것. 아니라면 차라리 아무 말도 하지 말 것. 분노는 불의 성질을 지녔기 때문에 직접 말로 표현되지 않더라도 뜨거운 화기(火氣)가 공간 안에 쉽게 퍼진다. 누구도 부정적인 기운을 뿜는 사람에게 귀를 기울이거나, 마음을 열지 않는다. 부정적인 기운이 자기 마음속에 들어오는 것을 차단하는 것은 사람의 본능이기 때문이다. 누군가에게 말을 한다는 것은 단순히 내용을 전달하는 것에서 그치지 않고 표정이나 눈빛, 제스처 등을 아우르는 기운까지 전달하는 일이다. 그러니 분노를 다스리지 못한 상태에서 말을 하게 되면 하고자 하는 내용을 전달했다 하더라도 부정적인 기운까지 전달한 꼴이니 좋은 말하기를 했다고 볼 수 없다.

~

용서가 힘들 때 필요한 말

인간의 나약함이 서로를 이해하는 계기가 되길…

– 레프 톨스토이 Lev Tolstoy

지인 중에 행복전도사가 한 분 있다. 거짓말이 아니다. 만나면 무조
건 행복을 전도받는다. 소외된 곳을 찾아다니며 봉사하는 삶을 사는
멋진 여성이다. 다음은 그녀가 겪은 용서와 화해에 대한 이야기다.

학원에서 아이들을 가르쳤던 그녀는 총명하고 심성 고운 한 초등
학생 남자아이를 유심히 지켜보고 있었다. 어느 날, 그 아이가 칠판

에 그림 그리는 것을 우연히 봤는데 폭력성이 짙은 끔찍한 그림이었다. 깜짝 놀란 그녀는 내심 걱정이 됐다. 며칠을 고민하다가 아이의 어머니와 성적 이야기로 통화를 하던 차에 조심스럽게 그 이야기를 꺼냈다. 하지만 생각지도 못한 반응이 돌아왔다. 노발대발한 아이 엄마는 "내 아들을 어떻게 보고 그런 소리를 하느냐."며 독설을 퍼부었고, 그녀도 꼭지가 확 돌았다. 수화기 너머로 오간 격렬한 다툼은 급기야 오프라인으로 이어져 얼굴을 대면한 채 더 격렬하게 싸우게 됐다. 서로의 가슴에 대못 하나씩 박은 날이었다.

그 후 8년 동안 그녀는 인생의 큰 굴곡을 겪었다. 건강 문제 등 평생 있을 시련이 한꺼번에 찾아오면서 인생 전체가 흔들렸고, 그 계기로 삶에 대한 가치관이 모두 바뀌어 행복전도사의 길을 걷게 됐다. 그녀는 8년 동안 늘 찝찝함으로 남아 있던 아이 엄마와의 매듭을 풀고 싶었다. 결혼을 하고 보니 그때 아이 엄마의 마음이 이해가 됐던 것이다. 당시 아이 엄마는 워킹맘이었다.

'다른 엄마들만큼 아이에게 신경을 못 쓰는 죄책감과 열등감을 갖고 있는 사람에게 내가 상처가 되는 말을 했구나.'

그녀는 후회했다. 비로소 아이 엄마를 마음으로 용서할 수 있었고 또 용서받고 싶었다.

8년 만에 전화를 걸었다. 부재중이었다. 그 순간 그녀는 엄청난 안

도감을 느꼈다. 내심 전화를 안 받았으면 하는 마음이 들었으니까.

몇 분 후 아이 엄마로부터 문자가 왔고, 그녀는 왜 전화를 했었는지 긴 문자로 설명했다. 용서를 비는 문자 끝엔 만나서 못다 한 사과를 마저 전하고 싶다고 썼다. 아이 엄마는 사과는 받겠지만 만나는 건 하고 싶지 않다며 거절하는 답장을 보내왔다. 그녀는 아이 엄마를 만나는 대신, 집필 중인 자신의 저서에 아이 엄마에게 건네는 사과의 말을 적었다. 책이 출간된 날, 그녀는 아이 엄마에게 문자를 보내 사과의 글을 책에 싣게 되었으니 기회가 된다면 읽어주시길 바란다고 말했다. 몇 주 후, 아이 엄마로부터 전화가 걸려왔다.

"선생님, 우리 만나요."

책을 읽고 그녀의 진심 어린 사과에 감동한 아이 엄마가 자신도 용서를 빌고자 만나자고 한 것이다. 8년 만에 두 사람은 얼굴을 마주 보고 앉았다. 그리고 서로의 가슴에 박은 못을 직접 뽑고 친구의 연을 맺었다. 두 사람은 요즘도 가끔 만나 사는 이야기를 주고받으며 수다를 떠는 좋은 친구 사이다.

그녀가 그린 용서라는 '큰 그림'에 마음이 짠해진다. 용서는 '나약함'이라는 붓으로 그리는 큰 그림이다. 이 붓이 없을 땐 상대의 행동을 도저히 이해할 수 없고 화가 나지만 자신의 나약함에 눈을 뜨고 겸손해질 때, 상대의 행동 역시 악함보다는 나약함에서 비롯됐단 걸 알게 된다. 나의 나약함이 상대의 나약함을 이해하는 것. 바로 용서라는 큰 그림이다.

81

희망이 시작되는 말

미국의 교육심리학자 마셜 로젠버그(Marshall Rosenberg)는 그의 저서 《비폭력 대화》를 통해 인간적인 대화법을 제시했다. 비폭력 대화(NVC, Nonviolent Communication)는 단순히 욕설과 비난 같은 폭력적 언어를 금하는 데 그치는 것이 아니라 '판단 중지'에 중점을 두는 대화방식이다. 마셜 로젠버그는 한 인간이 다른 인간을 판단하고 평가하는 것 자체가 폭력이라고 주장했다. 또한 자기 스스로에게 가하는 판단 또한 폭력이 된다고 말했다.

약속을 지키지 않은 친구에게 "넌 무책임해!"라고 화자의 판단이 가해진 발언을 하는 것은 폭력적인 대화다. 비폭력 대화는 판단을 가하지 않고 '사실'과 '느낌'만 말하는 것이다.

"네가 약속을 지키지 않아서(사실), 나는 화가 나(느낌)."

여기에 더해 자신이 원했던 것을 구체적으로 언급해야 한다.

"너와 이 영화를 보고 함께 이야기를 나누고 싶었어. 그런데 네가 약속을 지키지 않아서 영화를 못 보니 화가 난 거야."

이렇게 말해야 상대에게 상처를 주지 않고 소통이 가능해진다. 다시 말해, 상대를 도덕적으로 평가하거나 판단하지 않고 다만 그 상황과 자신의 느낌만을 말하는 것이 비폭력 대화의 기본이다.

비폭력 대화를 익히기 위해선 마치 언어를 배우듯 하나씩 학습하는 과정을 거쳐야 한다. 위의 설명을 좀 더 구체적으로 풀어보면, 비폭력 대화의 기본 절차는 '관찰―느낌―필요―부탁'이다. 판단을 배제한 상태로 상대의 말과 행동을 있는 그대로 관찰하고, 그것을 관찰하면서 자신의 마음에 일어난 느낌을 확인한다. 그런 후 내게 이런 느낌이 일어난 배경, 즉 내가 지금 필요로 하는 것과 욕구가 무엇인지 확인한 후 상대방에게 나의 필요를 부탁하는 것이다.

"네가 약속 시간보다 1시간이 늦어서(관찰) 나는 화가 났어(느낌). 나는 너랑 이 영화를 보고 함께 토론을 해보고 싶었거든(필요). 다음에는 함께 이야기 나눌 수 있도록 네가 늦지 않았으면 좋겠어(부탁)."

이렇게 비폭력 대화 공식에 맞게 말을 하면 상대방과 싸울 일은 없다.

내면의 스승이라 불리는 마이클 A. 싱어(Michael A. Singer)는 그의 저서 《한 발짝 밖에 자유가 있다》를 통해 판단의 폭력성을 언급했다. 그의 말에 따르면 판단은 먼저 자기 자신에게 부정적인 영향을 끼친다. 나에게 일어나는 사건들은 나를 통과하여 지나갈 뿐인데 내가 공연히 그것을 붙잡아서 '좋다' '나쁘다'로 판단한다. 좋지 않다고 판단되면 스트레스를 받는데 결국 이 스트레스는 스스로 만든 것이다. 판단을 버리면 자유가 펼쳐진다. 한번은 어머니가 내게 이런 말씀을 하셨다.

"어느 날 문득 그런 생각이 들더라. 바퀴벌레는 그냥 바퀴벌레일 뿐이잖니. 그냥 잡으면 그만인 것을, 괜히 바퀴벌레가 싫다고 생각을 하니까 바퀴벌레가 나타난 그 상황이 무척 괴로운 경험이 되더라고. 바퀴벌레는 싫은 것도 아니고 좋은 것도 아니고 그냥 바퀴벌레일 뿐인데 말이지."

어머니는 '판단 중지'의 지혜를 바퀴벌레를 보며 깨달으신 것 같다.

'비폭력'이란 단어를 들으니 간디가 떠올랐다. 여기서의 '비폭력'

과 간디의 '비폭력'은 그 쓰임이 다를지 몰라도 기본 뿌리는 동일하다. 간디가 힘썼던 비폭력은 무조건 참는 수동적인 개념이 아니었다. 그는 '인간에게는 폭력보다 더 강한 힘이 있는데 그것은 사랑이며, 극도의 고난 속에서도 인간은 사랑을 유지해야 한다.'고 주장했다. 이처럼 그가 말하는 비폭력은 사랑을 위해 고난을 버텨내는 강인하고 적극적인 행위로 해석된다. 나약하거나 소극적인 것이 아니다. 상대방에 대한 판단을 중단하는 비폭력 대화 역시 수동적인 행위라기보단 적극적인 사랑의 실천이다. 판단을 버린 채 타인을 있는 그대로 바라보고 끌어안는 것만큼 적극적인 휴머니즘이 또 있을까.

비폭력 대화는 모든 사람에게 중요하지만 자라나는 청소년에게 특히 중요하다. "옆집 철수는 전교 1등인데 너는 왜 그 모양이니?" 이런 말을 하는 부모는 비폭력 대화를 배울 필요가 있다. 사랑하는 자녀에게 자신도 모르는 사이에 가하는 언어폭력을 멈춰야 한다.

인도의 철학자이자 명상가 크리슈나무르티의 《희망 탐색》이란 책에는 이런 구절이 나온다.

"일체의 사고, 생각이 갖는 모든 심상, 말, 지각 등을 멈추십시오. 비교, 측정, 경험의 축적도 멈추십시오. 그리하여 낡은 관성과 낡은 나를 멈추십시오. 그 멈춤 속에서 사랑의 폭발이 일어납니다. 슬픔,

불안, 고통이 끝이 나고 나의 희망이, 인류의 희망이 시작됩니다."

이제 모든 폭력을 멈출 시간이다. 판단을 멈추는 순간 희망은 시
작된다.

마음속 매듭을 풀어주는 말

내 이름은 손화신(孫和伸). 뜻을 풀면 '손자 손' '화할 화' '펼 신'이다. 화목한 기운을 세상에 널리 펼치고 살라는 뜻인데, 이름을 지어준 외삼촌을 직접 만나뵌 적은 없어서 또 다른 의미가 있는 건지 '작자의 의도'는 명확하지 않다. 다만 점점 나이가 들어가며 나의 이름과 내가 운명으로 맺어져 있다는 생각을 하곤 한다. 내가 바라온 삶의 그림 속에서 나는 많은 사람들에게 말과 글이란 도구를 이용해 좋은 것을 나누어주고 있었다. 그러다 문득 내 이름의 뜻도 그러하다는 걸 깨달은 순간, 이름대로 사는 것이 내 꿈이 되었다.

하지만 가끔은 내 이름이 불만스럽게 여겨지는 때도 있었다. 새로운 사람을 만나면 꼭 이름에 대해 한마디씩 하기 때문이다.

"이름이 참 강렬하시네요."

그럴 때마다 '내 이름의 내면은 온통 화목으로 가득한데, 외면은 그 반대처럼 보이는 걸까?'라는 생각이 들었고, 이름에 대한 아쉬움이 2퍼센트 정도 늘 있었다.

그러다 작년 가을쯤 신기한 경험을 했다. 내 이름을 대하는 나의 무의식, 그 속에 깃든 2퍼센트의 불만족이 말끔하게 해소되는 계기였다. 창밖으로 단풍잎이 붉게 떨어지는 한 카페에 앉아 이야기가 잘 통하는 상사 한 분과 함께 카푸치노를 마시고 있었다. 그가 문득 내게 물었다.

"손 기자 이름은 누가 지어줬어?"

나는 외삼촌으로 시작해 내 꿈으로 번져간 대답을 내놓았다.

"이름 참 좋다. 손 기자 이름이 '손해피'가 아니라 '손화신'이어서 얼마나 다행인지 몰라. '손화신'의 글은 왠지 무게가 있고 깊이가 있을 것 같은데 '손해피'의 글은 안 그럴 것 같거든. 글쓰기에 최적화된 이름이네."

그 순간 아주 오래된 2퍼센트의 그 무언가가 수우웅―하고 마음에서 빠져나가는 기분이었다. 마법 같았다. 내 이름이 갑자기 너무 좋아져서 만질 수 있다면 으스러지게 안아주고 싶은 심정이었다. 언젠가는 내가 쓴 따뜻한 글이 사람들의 마음에 닿는 날을 꿈꿔왔기에, 무심한 듯 진지하게 건넨 상사의 '이름 풀이'가 나의 마음속 작은 매듭을 풀어준 것이다.

생각해보면 그는 그런 말을 툭툭 던지던 분이셨다. 바람이 불던 어느 날에는 길을 걷다가 "지옥에는 바람이 없을 것 같아." 그렇게 한마디를 툭 길 위에 흘려놓았고 난 바람이 없는 날 길을 걸을 때면 지옥을 떠올리곤 했다.

또 다시 찾아온 가을. 나도 언젠가는 누군가의 이름 석 자에 더욱 아름다운 의미를 부여해줄 수 있는, 바람 부는 모든 날들을 천국으로 만들어주는, 그런 힘 있는 말 한마디 무심히 던지는 사람이고 싶다.

83

~

표정이 빚어내는 말

공연을 볼 때 대체로 한 사람에게 시선이 고정된다. 무대 중앙에 선 사람이나 외모가 눈에 띄는 사람에게 눈길이 가는 것이 보통일 것이다.

지난해 크리스마스, 동네 성당에서 하는 대학생 성가대 콘서트에 갔다. 한참을 듣다가 문득 정신을 차리고 보니 내가 한 여학생에게 눈길을 고정하고 있었다. 여학생은 눈에 띄는 미모도 아니었고 게다가 무대 중앙이 아닌 뒤편 구석에 서 있었다. 왜 나의 시선이 하필 그 여학생에게 머문 것일까?

여학생의 얼굴은 환희에 차 있었다. 다른 단원들은 지상에 있고 그녀 홀로 천국에서 노래하고 있었다. 넘실대는 에너지로 관객 하나하나를 환희로 이끄는 표정이었다. 입술은 위아래로 크게 벌렸다 닫혔고, 음악의 도입부에서는 과거를 회상하듯 실눈을 떴다가 클라이맥스에 가서는 눈이 튀어나올 정도로 커졌다. 얼굴의 미세한 근육 하나까지도 악보를 따라 움직이는 듯했다. 음악이 들리지 않고 그녀의 얼굴만 보았어도 그 노래가 전하는 감성을 느낄 수 있었을 것이다.

표정은 비언어적 요소이지만, 언어적 요소만큼이나 중요한 부분이다. 바이올리니스트가 연주를 하며 무아지경에 빠졌을 때, 그의 얼굴 자체가 음악이 된다. 선율을 따라 음표처럼 변하는 표정. 그것은 마치 연주의 일부처럼 여겨진다. 표정은 얼굴 근육의 미세한 변화만으로도 크게 달라진다. 말을 할 때 얼굴이 굳어 있는 것만큼 상대방을 불편하게 하는 것도 없다. 아무리 내용을 잘 전달해도 화자의 심리 상태에 문제가 있다면 표정으로 드러나기 마련이다.

표정만큼이나 감추기 힘든 것도 없기 때문에 표정 관리를 아무리 잘하는 사람일지라도 찰나에 스치는 표정 하나로 마음을 들킬 수 있다. 그렇다고 '표정을 잘 짓는 법'을 배우는 게 능사가 아닌 것이 표정의 변화란 마음의 상태를 바꾸는 것 말고는 뾰족한 도리가 없기 때문이다. 물론 웃는 표정은 연습하면 되지만 그것도 마음이 진정으로 즐겁지 않다면 웃어도 웃는 게 아닌 게 된다. 마음이 웃어야 얼굴도 웃는다. 억지웃음은 상대가 먼저 알아차린다.

　결국 표정과 마음은 직결된다. 그러므로 마음 상태를 잘 조절하는 것이 좋은 표정의 첫걸음이다. 발표를 앞두고 있거나, 면접장 앞에서 대기 중이거나 소개팅에 나가기 전이라면 마음 상태를 점검하는 게 먼저다. 마음이 무기력해 있다면 좋은 생각을 해서 마음 상태를 고양시켜야 표정도 밝아진다. 혼자서 잘 안 된다면 친구에게 전화라도 걸어 수다를 좀 떨고 나면 마음도 표정도 한결 편안해진다. 얼굴 근육을 마사지하는 것도 도움이 된다.

　뜨거운 소통이란 충만한 감정이 담긴 소통이고 충만한 감정은 결국 표정을 통해 효과적으로 표현될 수 있다.

손이 하는 말

한 설치미술 작가의 책을 읽다가 '진실을 말하는 손'이라는 구절에서 눈길이 멈췄다. 사람들은 눈이 진실을 말한다고 하지만 이 미술 작가는 손이 눈보다 더 진실하다고 말하고 있었다. 특히 손으로 작품을 만드는 작가에게는 모든 감각을 기억하는 곳이 손이기 때문에 더욱 그렇단다. 보통 사람들도 은연중에 손으로 자신의 감정을 드러낸다고 덧붙였다. 이 내용에 크게 공감했었는데, 며칠 후 길을 걷다 퍼뜩 이 구절이 강렬하게 실감나는 순간이 있었다.

지하철에서 문득 내 손을 의식하게 됐다. 주먹을 쥐고 있었다. 주변을 살펴봤다. 다른 사람들의 손은 어떤 표정을 짓고 있을까 궁금해졌기 때문이다. 여유로운 얼굴의 중년 남자는 손도 여유로웠다. 손끝까지 전혀 힘이 들어가지 않은 그의 손은 그야말로 완전한 이완 상태였다. 잔뜩 힘이 들어가 있는 내 손을 다시 바라봤다. 그리고 깨달았다. 내가 요즘 긴장하며 살고 있었단 사실을 말이다. 긴장을 풀고 휴식을 취해야겠다고 생각했다. 손 덕분에 내 마음 상태를 알 수 있었던 거다. 그때부터 손을 의식해서 보곤 한다. 눈에 보이지 않는 내면을 눈에 보이는 손이라는 지표로 가늠해보기 위해서다.

손은 의외로 많은 이야기를 들려준다. 이 사실을 깨닫고 내 손이 하는 이야기에 귀 기울여봤더니 꽤 재미있었다. 카페에서 마주 앉은 상대와 데면데면 어색할 때 내 손은 미친 듯이 빨대 포장지를 만지고 있었다. 쪽지 모양으로 접었다가 다시 펴서는 동그랗게 말았다가 다시 반 토막을 냈다가. 결국 자리에서 일어설 땐 종이의 행색이 말이 아니었다. 지하철에서 심심할 때면 앉아 있는 사람들의 손을 관찰해본다. 좋아 죽겠는 연인들은 서로의 손을 조물거리고 있었다. 손은 그렇게 사람의 감정을 매 순간 담고 있다.

그래서 말을 할 때 손을 사용해봐야겠다는 생각을 했다. 친구와 수다를 떨든 앞에 나가 발표를 하든, 내면을 표현하는 도구로 손짓을 사용해보는 거다. 단지 상대방의 시선을 집중시키기 위해서가 아니라 나의 감정을 적극적으로 표현해보기 위해서 말이다. 처음에는 어색할지 몰라도 손짓을 사용하며 말하는 버릇을 들이면 표정이나 목소리만으로 표현할 때보다 더 감정이 풍부해진다는 걸 알 수 있다. 손을 쓰는 것은 손쉬운 감정표현법인 셈이다.

제스처의 중요성을 매번 강조하는 젊은 남성이 있는데, 그는 '발짓'도 활용한다. 아예 단상 앞을 벗어나 돌아다니며 말을 한다. 그는 일단 말을 시작하면 양팔이 기본으로 들려 있다. 그만큼 제스처를 큼직하게 많이 사용하는데, 확실히 이 남자가 이야기할 때면 고도로 몰입되는 게 사실이다. 무슨 주제로 이야기를 하든 상관없이 일단 손과 발을 움직이니 시선이 가지 않을 수 없다.

수화가 그렇듯 손짓은 그 자체로 언어이기도 하다. 지휘자가 손과 팔로 단원들과 의사소통을 하는 걸 떠올려보면 알 수 있다. 말을 할 때 손짓, 발짓, 몸짓을 잘 활용한다면 언어로만 감정을 표현할 때보다 더 극적인 효과를 낼 수 있다.

보이는 것 이상을 전하는 말

말을 한다는 건 끊임없는 선택의 과정이다. 단어, 시각, 말투, 타이밍, 표정, 리듬…. 말은 입 밖으로 나오기 전까지 무수한 선택의 기로들을 거친다. 그중에서 가장 신중해야 할 한 가지를 고르라면 나는 주저 없이 '시각(視角)의 선택'을 고르겠다. 같은 것을 다르게 보는 참신한 시각을 갖는 건 정말 욕심나는 일이다.

말을 잘한다는 건 개성 있는 시각으로 세상을 바라보고 나만의 언어로 그것을 표현하는 일이다. 남과 같은 게 싫다는 이유로 무조건 다르고자 하는 건 허세지만, 자신의 생각과 감정을 믿는 마음으로부터 나오는 다름은 '개성'이다. 남과 다른 시각은 나만의 고유한 생각과 감성에서 나온다. 또 세상을 마음의 눈으로 관찰하고, 보이는 것 이상을 보려는 의지와 상상력에서 비롯된다.

천년의 수도 경주에 가면 신라시대 유적지가 많이 남아 있다. 그곳에서 우리는 단지 '유적'을 볼 수도 있지만, 천년이라는 '시간'을 볼 수도 있다. 분황사 모전석탑을 바라보면서 "이것이 신라 석탑 가운데 가장 오래된 석탑이구나." "선덕여왕 때 만들어진 석탑이구나." 하고 남들과 똑같은 시각으로 말할 수도 있지만, 마음의 눈으로 석탑을 관찰하고 바라본다면 그 이상을 말할 수도 있다. 석탑을 보며 천년 신라의 웅장함과 화려한 시간들을 떠올려보고 그러한 상상을 통해 보이지 않는 시간을 보게 되면 눈에 보이는 유물 그 너머의 것을 이야기할 수 있게 된다.

"이번 가을에 경주에 다녀왔습니다. 가장 기억에 남는 유적지는 분황사였는데요. 분황사에서 모전석탑을 보는 순간 괜히 마음이 울렁거렸습니다. 지금은 3층만 남은 석탑은 원래는 7층이나 9층이었다고 합니다. 웅장했을 원래의 온전한 모습을 상상하니 신라인들의 활력과 호방한 기운이 느껴지는 것 같았습니다.

석탑 하단의 돌문으로 된 감실 안에는 불상이 모셔져 있고 감실 양쪽으로 불법을 지키는 인왕상이 유쾌하면서도 엄한 모습으로 돋

을새김되어 있었습니다. 불교의 나라 신라를 가득 채웠던 경건하고
도 낭만적인 공기가 생생히 느껴졌습니다. 당시의 신라는 조선시대
나 지금보다 훨씬 자유분방하고 로맨틱했을 것 같았습니다. 그러다
석탑 위로 흐르는 하얀 구름과 석탑 위에 앉아 쉬는 나비의 모습을
보니 세월의 무상함이 밀려왔습니다. 문득 이런 생각이 들었습니다.
이 탑을 세웠다는 선덕여왕은 어떤 꿈을 꾸었을까? 나도 내게 주어
진 역사 속 이 시간의 점 위에서 선덕여왕이 그랬던 것처럼 최선을
다해 꿈꾸고 최선을 다해 내 인생을 꽃피워야겠다."

초등학교 때 수학여행으로 찾은 경주와 어른이 된 지금 바라보는
경주가 완전히 다른 느낌으로 다가오는 것은 지나온 세월만큼 나의
시각도 바뀌었기 때문이다. 나만의 시각을 갖는다는 것은 이렇듯 세
상을 새롭게 본다는 의미이며, 이것은 세상을 나만의 언어로 표현해
낸다는 의미다. 마음의 눈으로 세상을 바라보는 관찰력과 보이는 것
이상을 보는 상상력. 이 두 가지가 남과 다른 나만의 시각을 만들어
주는 열쇠이다.

∫

치유하는 말

나에게 있어 최고의 승리는 있는 그대로 살 수 있게 된 것,

자신과 타인의 결점을 받아들일 수 있게 된 것이다.

- 오드리 헵번 Audrey Hepburn

나는 어린 시절부터 소심했다. 초등학생 때 준비물을 깜박하고 안

가져온 날이면 교실 안의 모든 것이 집에 두고 온 준비물로 보였다.

트라이앵글을 안 가지고 온 날이었다. 음악시간 전까지 나의 시선

은 쉼 없이 친구들의 트라이앵글만 좇았다. 친구들의 서랍에서 무심

히 삐져나와 있는 트라이앵글을 볼 때면 절망스러웠다. 저 트라이앵

글이 지금 내 책상 위에도 있을 수 있다면! 그러다가 나는 희망을 발견했다. 트라이앵글을 안 가져온 또 다른 친구를 찾아낸 것이다! 그때 심정이란… 한걸음에 달려가 그 친구 옆자리에 꼭 붙어 앉은 다음 내 주머니에 있는 바나나맛 캐러멜을 주고 나서, 그 친구와 트라이앵글의 부재가 주는 불안과 아픔을 공유하고 싶었다.

음악시간이 됐고, 선생님은 언제나처럼 준비물 없는 사람은 자리에서 일어나보라고 하셨다. 그때 나는 부끄럽고 조금 무서웠지만 그 친구를 바라보며 용기를 얻었다. 나는 혼자가 아니었다. 선생님은 내게 트라이앵글을 가지고 온 친구 옆에 앉아 그걸 빌려서 번갈아가며 연주하라고 하셨다. 하지만 나는 생각했다. 차라리 트라이앵글을 안 가져온 나의 동지와 구석에 가만히 앉아 있는 편이 훨씬 낫겠다고.

기억나는 드라마의 한 장면이 있다. 여자 주인공이 맨발로 길에서 있어야 하는데, 그를 사랑하는 남자 주인공이 신발을 벗어 여자에게 신겨주는 대신, 자신도 똑같이 맨발을 하고 옆에 서는 장면이었다. 그 장면을 보자 준비물이 없던 어린 시절 그날이 떠올랐다. 그리고 누군가를 진정으로 위로하는 방법에 대해 생각하게 됐다. 아픈 사람에게는 안 아픈 사람이 건네는 위로의 말보다, 같은 아픔을 가진 사람의 존재가 더 큰 위로가 되는 법이란 걸.

《상처 입은 치유자》를 쓴 헨리 나우웬(Henri Nouwen) 신부는 상처 받은 사람이 상처받은 사람을 치유할 수 있다고 말했다. 실제로 정신적으로 방황하고 아픔을 겪었던 정신과 의사나 상담사가 그렇지 않은 사람보다 환자를 치유하는 능력이 더 뛰어난 경우가 많다고 한다. 상담 과정에서 치료자의 상처와 환자의 상처 간에 상호작용이 일어나기 때문이다. 트라이앵글을 안 가져온 그 친구는 내게 '상처 입은 치유자'였던 셈이다.

10년 동안 스피치 모임에 참석하면서 이 개념에 대해 확실히 인정하게 됐다. 처음에는 발표력 향상을 위해 모임을 찾았지만, 타인과의 소통 과정에서 자신의 마음이 치유되는 경험을 하게 되고, 나중에는 단지 그런 이유로 모임에 참여하는 분들도 많았다. 나 또한 그랬다. 누군가 자신이 힘들었던 시간에 대해 이야기를 하면 나의 힘든 시간도 위로받는 느낌이 들었다. 신기한 것은, 나의 아픔과 전혀 다른 모습의 아픔일지라도, 다른 사람들도 다 아프게 산다는 것을 확인하는 것 자체만으로도 위로가 됐다는 점이다.

40대 후반의 한 여성도 이런 경험을 했다. 한번은 어려운 처지의 사람들에게 봉사활동을 갔는데 어쩌다 보니 자신의 힘들었던 지난 날을 이야기하게 됐다. 그런데 그분들이 자신의 이야기를 듣고 눈물을 흘리시며 "어떻게 그렇게 살았어요?"라고 묻더란다, 그러면서

"오늘 큰 위로가 돼줘서 고마웠어요."라고 덧붙였다고. 하지만 그녀는 그들에게 어떠한 위로의 말도 건넨 적이 없었다. 단지 자신의 아픔을 솔직하게 이야기했을 뿐이었다.

자신의 모자란 부분, 결점, 상처와 아픔을 누군가에게 솔직하게 말하는 것은 품위 있는 솔직함이다. 솔직함에도 급이 있다면, 남의 결점을 솔직하게 이야기하는 것은 저급이요, 자신의 결점을 솔직하게 이야기하는 것은 타인을 치유하는 고급의 솔직함이다. 이런 솔직함 뒤에는 상처가 아닌 감동이 남는다. 누군가가 아파하고 있다면, 선부른 위로의 말 대신 나의 아픔을 하나쯤 말하는 것이 더 큰 위로가 된다는 것을 이제는 잘 알고 있다. 하지만 나는 솔직히, 솔직하기가 아직도 참 힘들다.

∫

나를 다스리는 말

인디언들에겐 용기가 공격적인 자기 과시가 아니라 완벽한 자기 절제로 이루어진 것

이었다. 진정한 용기를 가진 자는 어떤 두려움과 분노, 욕망, 고통에도 자신을 내주는

법이 없었다. 모든 상황에서 자기가 자신의 주인이었다.

― 오히예사Ohiyesa, 《인디언의 영혼》

미국에는 소셜 스킬(social skill)이라는 학습 과정이 있다. 학생들이
자기 스스로를 관찰하고 자신의 감정을 통제하며 다른 사람의 감정
을 이해할 수 있도록 사회적 지능을 훈련하는 과정이다. 소셜 스킬
은 아이들의 사회적 행동뿐 아니라 학업 태도에도 긍정적인 영향을

끼친다. 학생들은 자신이 왜 화가 났는지, 왜 상처를 받았는지를 스스로 이해함으로써 자신의 감정을 더 잘 다스릴 수 있게 된다. 분노, 우울함, 공포 같은 부정적 감정을 자신의 통제력으로 다스리고 다른 사람에게 전이하지 않도록 훈련함으로써 원만한 대인관계를 유지할 수 있게 되는 것이다.

소셜 스킬은 감성지능 EQ(emotional quotient)와 연관이 깊다. 심리학자 다니엘 골먼(Daniel Goleman)이 대중화시킨 감성지능 EQ는 자신의 감정을 이해하고 다스리는 지능을 일컫는다. 다니엘 골먼은 《EQ 감성지능》에서 EQ를 다음과 같이 정의했다.

"첫째, 자신의 진정한 기분을 자각하여 이를 존중하고 진심으로 납득할 수 있는 결단을 내리는 능력. 둘째, 충동을 자제하고 불안이나 분노와 같은 스트레스의 원인이 되는 감정을 제어할 수 있는 능력. 셋째, 목표 추구에 실패했을 경우에도 좌절하지 않고 자기 자신을 격려할 수 있는 능력. 넷째, 타인의 감정에 공감할 수 있는 공감능력. 다섯째, 집단 내에서 조화를 유지하고 다른 사람들과 서로 협력할 수 있는 사회적 능력."

다니엘 골먼은 많은 사람들이 자신의 EQ를 과대평가하여 감정 통제 능력을 기르려는 노력을 소홀히 하고 있다고 지적했다. 모임에서 자신의 IQ, EQ, SQ에 대해 평가하는 시간을 마련한 적이 있다.

당시 스피치 모임 참석 인원 열다섯 명 중 열세 명이 '자신의 다른 지능보다 EQ가 가장 높은 것 같다.'고 답했다. 하지만 스스로가 내린 결론은 잘못된 경우가 많다. 여러 감정을 느끼고 흔들리는 자신을 바라보며 '나는 감성적이야.'라고 생각하고 '그러므로 나는 EQ가 높아.'라고 착각하는 것이다. 그러나 감성지수는 단지 감성이 풍부한 것과는 별개다. 스스로의 감정을 '자각'하고 '통제'하며 타인의 감정에 '공감'하는 능력이 EQ의 핵심이다.

감정을 통제한다는 것은 자신의 감정을 억누르고 참음으로써 타인에게 전이되는 걸 막는 게 아니다. 자신의 감정을 과장하지 않고 있는 그대로 받아들인 후, 다스리는 일이다. 소셜 스킬을 '학습'하듯 감성지능도 학습으로 키울 수 있다. 혼자만의 시간을 자주 갖고, 내면을 들여다보며 침묵과 명상의 기회를 갖는 게 감성지능을 키우는 데 도움이 된다. 이런 기본 바탕을 토대로 소셜 스킬을 체계적으로 학습한다면 자신의 감정을 다스리는 일이 점점 쉬워질 것이다.

성숙한 사람이란 감정에 충실하고 감정표현에 적극적이면서도, 부정적 감정이 일어날 때는 절제할 수 있는 사람이 아닐까.

)

10년 후 나를 울릴 말

미술관 옆 카페에서 그녀가 말했다. 어떤 작품은 지금이 아니라 10년 후 마음에 더 와 닿는다고. 미술관에서 바라볼 때는 별다른 감흥이 없었는데 미술관 밖을 나와 살아가는 나날들 속에 문득문득 생각나는 작품이 있다고. 그리고 그 작품이 10년 후 어느 날 자신에게 큰 위로를 줄 때가 있다고. 그땐 몰랐지만 이제는 안다. 그녀 말이 옳았다는 것을.

10년 전 그날, 카페 옆 미술관에서 교수님이 보여주신 작품이 꼭 그랬다. 설치미술가 제임스 터렐(James Turrell)의 작품이었다. 볼 때는 이게 뭔가 싶은, 그냥 빛으로 만든 설치미술이었는데 대학을 졸업하고 3년 후, 7년 후 흐르는 세월 속에서 나는 문득 그 파란 빛의 방을 떠올렸다. 아마 교수님은 그날 우리에게 힘 있는 작품이란 어떤 것인지 말해주기 위해 그 전시를 보여주신 것 같다.

10년 후에 더 감동적인 작품처럼 10년 후에 더 와 닿는 말. 그것이 바로 '힘 있는 말'이라고 생각한다. 누구나 가슴속에 오래된 말 하나쯤 간직하고 산다. 어떤 말은 20년, 50년이 흘러도 사라지지 않고 마음의 별이 되어 삶의 길을 비춘다. 그런 힘 있는 말을 해준 사람 역시 오래도록 잊지 못할 것이다. 내가 그 교수님을 기억하고 있는 것도, 9년 전 그녀가 했던 말에 힘이 있었기 때문일 것이다.

오늘 내가 뱉은 한마디가 누군가의 곁을 10년 동안 지켜준다면, 오늘 내가 들은 누군가의 한마디가 그냥 흩어져버릴 바람이 아니라 눈과 비를 막아줄 10년의 아름드리나무가 되어준다면, 참 행복할 것 같다.

~

'나다운' 말, 나를 더욱 사랑하게 하는 말

무언가를 간절히 원하면 온 우주가 도와준다는 말을 오래도록 믿어 왔다. 어느 날 나는 내 인생을 걸고 그 말을 실험해보기로 했다. 나의 진심이 원하는 일을 하는 것. 이것이야말로 자아의 신화를 찾아가는 여정이라고 생각했기 때문에 나는 글을 쓰기 시작했다. 그리고 지금, 나는 간절히 그리던 그 길 위를 꿈결처럼 걷고 있다. 내 앞에 이 토록 아름다운 꿈길을 놓아준 나를 둘러싼 사람들, 그 빛나는 우주 에 내 영혼 깊이 간직해온 가장 순수한 감사를 바친다.

이 책을 쓰는 동안 나는 나 자신에 대해 참 많이 알게 됐다. 글을 쓰는 일은 그 주제가 무엇이 됐건 끝내는 자신에게 닿기 때문이다. 말도 그렇다. 말하기 역시 글쓰기처럼 결국 나 자신을 표현하는 일이며, 종착지는 언제나 자기 자신이다. 그러니 나 자신에 대해 잘 아는 사람, 있는 그대로의 나를 사랑하는 사람의 말은 그 자체로 힘을 지닌다. 어쩌면 말을 잘하기 위해 우리가 해야 할 일은 말의 기술을 익히려는 시도에 앞서 더욱 나다워지려는 노력일지도 모르겠다.

스피치 모임을 처음 찾은 게 2007년이니 벌써 10년째에 접어든다. 사실 10년 정도면 '말 잘하는 법'에 대한 명료한 해답을 손에 쥘 수 있을 거라 생각했다. 하지만 말하기에 정답은 없었다. 말 연습을 오래한다고 말을 더 잘하는 것도 아니었다. 그럼에도 불구하고 취미 활동을 하듯 주말이면 모임에 계속 참석한 이유는 크게 두 가지였다. 첫째는 직업과 연령대가 다양한 사람들로부터 나와 다른 생각을 듣기 위함이었고, 둘째는 어떠한 주제를 놓고 사람들 앞에서 이야기함으로써 나의 생각을 정리하기 위해서였다. 그러다가 이 책을 쓰기 시작할 때쯤 깨달은 한 가지는, 다른 생각을 듣는 것도 내 생각을 정리하는 것도 결국은 '나다움'에 가까이 다가가려는 내 영혼의 몸짓이었단 사실이다.

가장 나다운 글을 써서 세상에 한 권의 책으로 내놓는 것. 오랜 시간 품어온 나의 일생의 꿈이 이루어진 지금, 더는 바랄 것이 없다. 그래도 원하는 것이 하나 있다면, 그건 이 글을 읽는 당신이 자신을 더욱더 뜨겁게 끌어안으며 이 책의 마지막 장을 덮는 일이다.

2016년 3월
손화신